江南草木

布谷 著

浙江古籍出版社

序言

◎寿勤泽

布谷是一位朴实、多产而勤奋的作者。继《花开水流——民国烟云中的江南文事》《维新潮英——蒋智由事辑》等书之后，他笔耕不辍，完成了这部散文著作《江南草木》，令人欣喜。

《江南草木》读来令人振奋，在这本书里，我们感受到布谷对散文创作的热情。书中以江南一域的草木为依托，其中不乏对往昔岁月的追忆，也不乏对日常家居生活细节的观察与思考。在《三月采艾》中，作者先从《诗经》中“彼采艾兮，一日不见，如三岁兮”入手，带我们从先秦时代开始，在历史和文化中寻找艾草的背影：《四民月令》中有“三月可采艾”的记载，《本草图经》中有艾草“处处有之，初春布地生”的影子，而通过《救荒本草》，我们知道这种味苦的植物亦可经“水淘去苦味，油盐调食”，作为充饥的食物。此外，古人更常用的是将艾叶捣而制成绒状物来作火媒，鲁迅在《非攻》中就写道：“墨子让耕柱子用水和着玉米粉，自己却取火石和艾绒打了火，点起枯枝来沸水。”作者用平实的语言寻找和记录着一束艾草的历史，读者在阅读中似有俯拾即是之感，那是文化，也是情怀。

《江南草木》秉承了布谷一贯理性、清新的笔调，他满怀了对生活的理想，走进了生活里，他从三月里农家田地里的草紫，写到江南六月天开得正好的消饭花，从先秦典籍中记载的最古老的蔬菜之一——葵，写到在千年的文化滋养中成为一种精神符号的菊花。布谷在天地万物中，饱含深情地以笔尖讲述江南土地和山水之间的草木故事，我愿意把这本书看作他感情生活的流露。江南是布谷的故乡，这里的合欢树下、杏花林中都萦绕着他对家乡的情意，还有那一缕若有似无的乡愁。草木是江南绵延生长着的精魂，在布谷笔下，海棠花的美丽和莼菜的柔滑都让人感觉那是特有的江南。

布谷是擅长写散文的，而这一次，他又在艺术上进行了拓展。《江南草木》是质朴的，语言没有过多的修饰；《江南草木》是细腻的，作者一边从典籍中寻找草木远久的文化记忆，一边记述自己记忆中或眼前的草木，那些微小的细节总有着能够触动人心的力量。书中写春韭，用林黛玉的“一畦春韭绿，十里稻花香”让读者感到翠绿的春韭也是春光无限的，而作者记述自己在朋友家做客时餐桌上的一道韭菜炒鸡蛋，“韭菜翠绿，鸡蛋嫩黄”，也同样让我们神往。

《江南草木》有着明显的地域性，这里的草木故事也是江南故事，同类的散文著作数量不算少，但阅读《江南草木》的过程中，我常常为布谷流露出的深厚的情感所感动。有时候，我感觉那些文字是女性作家才具有的细腻深情；有时候，他又让我感受到文字之间男性的那种深沉的力量，有暗流涌动，有波涛翻滚。这些都来自布谷对古典文学的修养，也再一次让我感受到他锤炼文字的功力，我很期待他有更多更好的作品问世。

目录

农家的草紫

三月天，春风吹过农家田野，草紫绿了。

三月的草紫，长得风快，一天一个色，由淡绿而翠绿，而浓绿，有风吹过，农家田园绿浪逶迤。

三月的草紫，是农家餐桌的上佳风味菜肴。三月春风里，会拎着“五升篮”去农田里采撷草紫。五升篮是竹编的一种篮子，是诸暨乡下对竹编篮子的一种习惯叫法，其容积在五升左右，故得名。

嫩草紫，直接便用手掐，就掐个嫩头，草紫茂密一片，一会儿工夫便盛满了五升篮。草紫讲究鲜嫩，农家便喜欢在做午饭或晚饭前，随时下田，也不多掐，一般掐一碗，一餐吃完，最佳。出门便是田野，随吃随掐。鲜嫩草紫，拎到家里，清水一洗，便直接下锅。

草紫吃法简单，常见的是清炒，放些许肉丝或火腿丝，旺火，出锅前放入嫩蒜苗几叶，碧绿一碟。爽口，味清，有田野的气息在舌尖上荡漾。

诸暨乡下还有草紫炒年糕的吃法。年糕切成薄片，添少许水，与草紫同炒。嫩绿草紫，糯白年糕，绿白相间，色泽也好。当是三月新春诸暨乡下一道上佳的风味小吃。

另有草紫饼。将草紫嫩头切碎，与面粉搅匀，点些盐及味精，入油锅，两面翻烤，至微黄出锅，即成。咬上去，清香，且有着植物的味道。

草紫好吃，便进入了城里的餐厅，列入了常年的菜单。草紫也有了旱地种植和大棚种植，同是草紫，旱地或大棚种植出来的，其茎细长，叶片薄而瘦，似乎失去了草紫的三月风光，吃起来也远没有了农家餐桌上草紫的田野味道。

草紫，又名紫云英，或红花草。草紫茎、叶柔嫩多汁，是上等的家畜饲料，煮熟后，农家多用以饲猪。

草紫根系粗壮，根部有发达的根瘤菌，可以为土壤提供有机质和氮素，氮素是农田生态系统中不可或缺的重要元素。

春耕了，草紫也成熟了，一般便会割去草紫上部的三分之二左右，留作饲料喂猪。下部三分之一包括根部，就留在田里，作为绿肥，犁入泥中，肥田。

草紫开花也是一景。成片种植，花开得整齐，花苞期不长，短短几天后，似乎会在一个早上，突然全部开放，绿色田野成了织锦地毯一样，锦绣一片。现在人们都喜欢去农村看油菜花，其实，三月农家的草紫开花，同样好看。

诸暨诗人何植三，20 世纪 20 年代就读北大时，出版过一册

翘摇

《本草图谱·卷之四十九》

新诗，书名便叫《农家的草紫》，写的都是农家的田事小诗，抄二首：“青青的田禾里，遮着绿萍，浮出咻咻的小鸭。”“田事忙了，去也是月，回也是月。”周作人很喜欢何植三的田事小诗，专门给《农家的草紫》写了序，有这样的话：“在好些小篇里，把浙东田村的空气，山歌童谣的精神，表现出来，很有趣味。”

三月农家的草紫，饶有趣味。

三月采艾

艾有很悠久的历史记载。

先秦时代，人们便将艾看作是代表相思的植物，《诗经》中写到“彼采艾兮，一日不见，如三岁兮”。彼此相思，分别后的日子是苦日子，便去采艾，艾在春天的阳光下生长。《本草图经》中写道：“处处有之，初春布地生。苗茎类蒿，叶背白。”艾在春天的阳光下遇风便长。东汉崔寔《四民月令》中记：“三月可采艾。”

艾最初还是用来引火种的。古籍记载，艾引火大都是在占卦之前。《尔雅》中称艾为冰台。古时气候寒冷，或者占卦都是在结冰的季节。引火用冰，举冰朝向太阳，将干艾置于冰后，即得火。鲁迅先生在《非攻》中对此有过描述：“墨子让耕柱子用水和着

艾

《本草图谱·卷之十三》

玉米粉，自己却取火石和艾绒打了火，点起枯枝来沸水。”

艾有药用价值，可用于灸病。晒干，制成艾绒，针灸时点燃艾绒，靠近穴位。中医以为，提增温度可加快经络的运行。另外，艾被点燃后，会散发出特殊的艾香，艾香熏而渗入穴位，以通经活络。按李时珍的说法，艾具有通十二经、回阳理气、驱湿寒的功效。艾以“陈久者良”，《孟子》中写道：“七年之病，求三年之艾也。”民间尚存艾香端午避邪一说。《荆楚岁时记》载：“采艾以为人，悬门户上，以禳毒气。”民间的这个风俗，至今仍流传不绝。

艾的食用史也是很悠久的。艾叶味苦，平时没人食用，只是到了灾荒之年，灾民才会想起长于山野路旁的艾草。艾的食用性更多体现于救荒。明朝朱棣在《救荒本草》中，写到艾“生田野中……叶有艾香。味苦”，用艾草救饥时可“采叶，炸熟，水淘去苦味，油盐调食”。

艾的异香，则一直飘荡在民间的食谱中。周作人先生在《儿童杂事诗》中的《果饵二》中写道：“嘉湖细点旧名驰，不及糕团快朵颐。艾饺印糕排满架，难忘最是炙麻糍。”其中写到的“艾饺”是南方乡间的节令特色食品，尤其清明上坟，是墓前的祭品。将艾煮熟，捞出滤水，切碎，揉入面团中，捏成小

碗状，放入豆沙、枣泥、芝麻糖等馅料再捏即成，然后上笼经旺火蒸，约 20 分钟出笼，洋溢着蒸气的艾饺，色泽光鲜，呈现艾草浓绿本色，且异香扑鼻，色、香二美，其味极佳。清明前后，街头小店也有周作人提及的“艾饺”上市，虽颜色无异，但大多用的是与艾相类的一些替代品，其香味便大打折扣。还是周作人，在《儿歌中的吃食》一文中专门写道：“讲到香味，艾糕还要好些……街上糕店制造艾糕艾饺，偷工减料，不用艾叶，只是在粉中加入油菜的汁，染得碧绿的，中看不中吃。”在绍兴、诸暨一带，过年吃年夜饭时有吃团圆馃的习俗。团圆馃是与艾饺相类的一种食品，做法、成分与艾饺相类，不过过年时用的艾是艾干罢了，不少人家是早春时就准备好了的。全家人团团圆圆地围坐一桌，吃着团圆馃，有春天田野的绿色在年夜荡漾。吃着年夜饭，望见了三月新春。

三月天，春光暖人，三月采艾，手中拎的是一只竹编的菜篮，“彼采艾兮，一日不见，如三岁兮”。古老的植物依然如鲜宜人。

看杏花

崔寔是东汉的一位太守，写过一部著名的农书，题目叫“四民月令”，书中收了不少民间关于月令物候的农谚，其中讲到二月，有一句是这样说的：“昏参夕，杏花盛，桑椹赤”，说明二月杏花开得繁华。二月，古又称杏月。

二月，有暖风吹过，杏花便开满枝头。

杏花先长叶后开花，花期约一个月，它有一个特别之处，便是花色随着花期不断地变化。

春意刚刚来到杏树枝头，杏花含苞，饱满欲放，看上去有张力，这时的花是红色，很纯的那种红色。古诗词中常及的“红杏”一说，说的便是杏花未放时的花苞。最著名的诗是南宋诗人叶绍翁的一首《游园不值》：

杏

《本草图谱·卷之六十一》

应怜屐齿印苍苔，小扣柴扉久不开。
春色满园关不住，一枝红杏出墙来。

杏树含苞，春天便到来了，枝头杏花传递着新浓的春意。

写红杏的古诗很多，早于叶绍翁的陆游也写过一首《马上作》，同样是赞誉红杏春意的浓重：

平桥小陌雨初收，淡日穿云翠霭浮。
杨柳不遮春色断，一枝红杏出墙头。

更早的唐代诗人吴融有《途中见杏花》一首：

一枝红艳出墙头，墙外行人正独愁。
长得看来犹有恨，可堪逢处更难留。
林空色暝莺先到，春浅香寒蝶未游。
更忆帝乡千万树，澹烟笼日暗神州。

还有因为写红杏而成就一段千古佳话的。说的是北宋有位工部尚书宋祁，工诗词，写过一首《玉楼春》：

东城渐觉风光好，縠皱波纹迎客棹。绿杨烟外晓寒轻，红杏枝头春意闹。

浮生长恨欢娱少，肯爱千金轻一笑。为君持酒劝斜阳，且向花间留晚照。

因为有“红杏枝头春意闹”的佳句，宋祁从此有了“红杏尚书”的美称。

红杏一枝，传来的是新春的信息。至于后来“红杏出墙”有了别样解释，那是引申开去的说法，并非本意。

花期进行着，温暖的阳光下，杏花花瓣渐次展开，花瓣的红色也渐渐褪去，先粉红，而淡红，花将尽，便呈一片白色，是那种很纯的白色，远远望过去，似雪如霜。由红而白，尽显缤纷妖娆，杏花好看，入诗便成为千古绝唱。

杨万里的一首《咏杏五绝》，写尽了杏花的“娇容三变”，尽得风流：

道白非真白，言红不若红。

请君红白外，别眼看天工。

杨万里还在另一首写杏花的诗中写过类似的诗句：“红红白白一枝春，晴光耀眼看难真。”

温庭筠在《杏花》诗中写道：

红花初绽雪花繁，重叠高低满小园。
正见盛时犹怅望，岂堪开处已缤翻。
情为世累诗千首，醉是吾乡酒一樽。
杳杳艳歌春日午，出墙何处隔朱门。

尤其是首句，写尽了杏花的娇美。

北宋诗人王禹偁写过七言绝句《杏花》：

陌上纷披枝上稀，多情犹解扑人衣。
双成洒道迎王母，十里蒙蒙绛雪飞。

此诗写出了杏花将尽时如飞雪般的场景，繁华一片。杏树栽植往往成片成林。曾亲历过诗人笔下的情形，那是三月将尽，来到郊外的一片杏林，杏花将尽，广阔而起伏的山坡上落满了杏花花瓣，白色，枝头残花看上去有些枯瘦的样子，风吹过，便飞扬而下，飘落到了游人的肩头、发梢上，真有点“十里蒙蒙绛雪飞”的诗境。被繁茂的杏花花瓣缠绕着，空气中似乎还有着淡淡的清香。有一位朋友喜欢摄影，便将这些影像取了个很有些诗意的名字：杏林三月香雪海。

说到杏林，还得提到董奉。董奉生活在三国时代，是一位隐居在乡间的名医，且好施援手，凡百姓问诊求药，不收分文，只需待疾患痊愈后，在董奉居舍周围栽植杏树数株即可。这是因为董奉想到百姓在饥荒时，杏实可以兑换粮食以度灾年，而且杏实本身也是一味很有效验的中药。

董奉名气很大，求医者络绎不绝，数年之后，董奉居舍四周栽植了有数十万株杏树，满山遍野，每年能收大量的杏实，董奉便以杏易粮，谷物堆满了粮仓，逢灾年，便开仓济贫。久之，“杏林”一词便成为了德医双馨者的美誉。这则故事见载于晋朝葛洪的《神仙传》一书中：“奉每年货杏得谷，旋以赈救贫乏……”

春韭

那天，去朋友家喝酒，有一盘韭菜炒鸡蛋。朋友的厨艺很不错，韭叶翠绿，鸡蛋嫩黄，两种颜色反差很大，干净，很招人。端上桌后，各人两筷三筷就夹完了。韭叶宽厚而嫩，嘴里嚼着有一种爽滑的感觉。朋友说是头刀韭菜。

杜甫有诗："好雨知时节，当春乃发生。"春雨一过，韭叶从厚土底下苏醒，苏醒了的韭叶长得很快，也很快便被请到了餐桌上。古人知道春韭宜人，有这样一种说法："春食香，夏食臭……五月食韭损人。"

春韭是有文化的，还是老杜的诗句："夜雨剪春韭，新炊间黄粱。"苏东坡也写过："渐觉东风料峭寒，青蒿黄韭试春盘。"

剪春韭却是有讲究的。初阳下，春韭闪烁着露水，这时剪下的才算得上是上好的春韭，嫩而且味清纯。李时珍在《本草纲目》中对此有述："韭丛生丰本，长叶青翠……叶高三寸便剪，剪忌中日。”高阳下剪韭，露水已收，也容易伤到韭根，影响抽新茬。一年当中，也只能剪三到四次，按李时珍的说法，一年不能超过五次：“一岁不过五剪，收子者只可一剪。”准备留着作种籽，那只能剪一次，头刀春韭剪过后便只能顺其一直生长，等着结籽。韭菜老去后，其剪法也是有讲究的，不能一刀剪到根底，连茎剪去，而要待其自然枯去。齐如山在《园艺的分类》一文中说：“花剪去之后，韭菜叶万不可再割，须留其自萎……如此则来年出芽方旺。若把叶割掉，明年就弱多了。”

韭菜是古老的一种蔬菜，从这个“韭”字中便可以看出历史，韭是象形字，象形字都是很古老的汉字。韭字金文或小篆的形状，酷似韭菜长在地上的形状。韭字底下的“一”画，表示着平整的土地，平整的土地上面长着表示可以连续割剪的菜蔬。古人造字真正智慧，一个汉字便包含着一种生长的形态。

古人认为韭菜是菜蔬中的上品，在先秦，韭是可供上祭坛的祭品，《诗经·国风·七月》篇中写道：“四之日其蚤，献羔祭

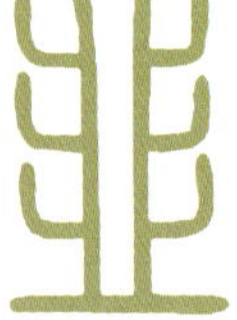

韭。”诗意是祭祀要趁早，尽早尽快献上韭菜和羔羊。韭菜是和羔羊是同样贵重的祭品。李时珍在《本草纲目》中也写到了韭的珍贵，不过说的不是春韭，而是韭黄：“韭之茎名韭白，根名韭黄，花名韭菁。……北人至冬移根于土窖中，培以马屎，暖则即长，高可尺许，不见风日，其叶黄嫩，谓之韭黄，豪贵皆珍之。”

韭的药用价值，古已识之，李时珍的《本草纲目》中记述颇为详尽。其中主治有一条为“治胸膈噎气”，用现代医学术语的话，韭具有解痉作用，噎气则为膈肌痉挛所致。曾在古人笔记中看到过这样一条，说在太平天国时期，天皇洪秀全一日上朝，突发呃逆，由朝至暮，满朝惊慌，御医开方均无疗效，一民间土郎中开出土方用韭汁和酒。笔记最后两句：“洪服后，呃逆止之。”

不过在食用上最吸引人的还是春韭。春韭除了炒鸡蛋，还有许多其他的做法。金华火腿丝炒春韭，口感和色泽均不俗。而春韭全素味道更为清爽，如干丝炒春韭、春韭炒笋丝等等。还有春韭饺子更是春天里不可不尝的一道风味美食。

《红楼梦》中元妃省亲，与众姐妹在大观园中吟诗题匾，林黛玉代宝玉做了一首《杏帘在望》，其中有句：“一畦春韭绿，十里稻花香。”春韭与稻花虽不可能同处一幅图景，通过曹雪芹的笔，翠绿的春韭倒是春光无限了。

《枇杷》　齐白石

枇杷记

有位喜欢画画的朋友前几年在乡下买了一块地，盖了座三层小楼，后面围了个院子，种着一些菜蔬、花木，种的更多的是果树，果树中最多的是枇杷。几次去朋友的院落，常见他站在枇杷树下，与枇杷树相对而视，一站就是很久。

朋友常常把院中的枇杷“植”上画纸，且甚为传神，三楼整个楼层，算是画室，其中挂得最多的就是画好的枇杷，各有姿态，气度千百。画中的枇杷，果实倒不突出，突出的往往是枝叶，枝叶甚密，果子却是枝叶掩映中的金黄几点，感觉比例有些夸张。枝干粗壮，叶片大而厚，比院子里枇杷树的枝叶远要大得多，有时几张叶片覆去大部画面，有的画面中干脆就见不到枇杷。因为着墨浓淡有致，叶片看上去颇有层次感。枝叶张扬，整株枇杷自然显得更有气度。

其实枇杷的果实是繁华的，挂满枝头，一树金黄。朋友的院子里，到了枇杷成熟的季节，确是金黄一片。宋代诗人梅尧臣有“五月枇杷黄似菊”诗句，甚是形象。植于宣纸上的枇杷，省去了果实，凸显了枝叶，其中也许蕴含了画家的文人意气吧。

无论是根植于庭园，还是宣纸，枇杷的欣赏价值都是不可小视的，而且相当古老。汉武帝有上林苑，为最早见载史书的“植物园”，时广搜天下名果异树，各路大臣从遥远的边域争相呈献，其中即有枇杷。《西京杂记·上林名果异木》中有载：“初修上林苑，群臣远方，各献名果异卉三千余种植其中，亦有制为美名，以标奇异。”其中即有“枇杷十株”。司马相如在《上林赋》中说：“于是乎卢橘夏熟，黄甘橙楱，枇杷橪柿，亭柰厚朴。”

唐朝女诗人薛涛，尤其喜欢枇杷，在自己居住的庭园里遍植枇杷树，常常有文人骚客在枇杷树下吟诗作曲。同朝诗人王建崇敬薛涛的诗才，在《寄蜀中薛涛校书》中写道：“万里桥边女校书，枇杷花里闭门居。扫眉才子于今少，管领春风总不如。”可见，枇杷与薛涛之间有着紧密的关系。

宋朝周祗的名篇《枇杷赋》，写尽了枇杷的可爱之处：“昔鲁季孙有嘉树，韩宣子赋誉之，屈原《离骚》，亦著《橘赋》。至枇杷树，寒暑无变，负雪扬华，余殖庭圃，遂赋之云。名同音器，质贞松竹。四序一采，素华冬馥。霏雪润其绿蕤，商风埋其劲条。

望之冥蒙，即之疏寥。”枇杷的“四序一采”在一篇名为《枇杷树赋》的宋赋中写得更为明了：“伊南国之佳木，伟邦庭而延树。禀金秋之清条，抱东阳之和煦。肇寒葩于结霜，成炎果乎纤露。高临甍首，傍拂阶露。”

明代的王象晋，在《群芳谱》中也写道：“枇杷秋萌、冬花、春实、夏熟，备四时之气，他物无与类者。”画家朋友对枇杷树情有独钟，怕也与其长青气象不无关系，能从中感受生命的精神气息。与枇杷对视，能够看到一种音乐般流动的植物精神。朋

枇杷

江边

友在一幅画中将“枇杷”题成了“琵琶”，我原以为是笔误，后来还有好几幅是这样，原来是有意而为。枇杷与琵琶本是同音，而且枇杷叶与果形似琵琶，果木也就与音乐发生了联系，似乎是植物中的音乐意味，朋友便说更喜欢将“枇杷”写成“琵琶”。这也许是一种艺术化的情结吧。

常人对此似乎难以理解，民间有一首打油诗，写的也是枇杷与琵琶的事情：“枇杷不是这琵琶，只为当年识字差。若使琵琶能结果，满城箫管尽开花。”这是一首讽刺诗，嘲笑将枇杷错写成了琵琶。

然而，艺术家笔下，箫管也是可以开花的。

桃之夭夭

三月中旬的一天，春光很好，宝玉坐在怡红院旁的沁芳闸桥边读书，桥边是一片桃花林。宝玉读的是唐朝元稹写的传奇《莺莺传》，又叫《会真记》。正读到“落红成阵”句时，一阵春风吹过，吹落了一树桃花，花瓣便落在宝玉身上、书页上，又掉在地上。曹雪芹在《红楼梦》里是这样写的：“把树头上的桃花吹下一大半来，落的满身满书满地皆是。”宝玉是个爱花的人，拾起花瓣，捧到水池里，宝玉认为桃花花瓣应该放在干净的水里。后来，黛玉来了，“肩上担着花锄，锄上挂着花囊，手里拿着花帚”，说应该把花瓣埋在土里，更干净。双玉便一同扫起零落一地的花瓣，装进花囊，埋在了犄角的一处花冢里。这便是经典的“黛玉葬花”一出。

《诗经》中有多处以桃花入诗，如《周南·桃夭》《召南·何

绯桃

《本草图谱·卷之六十二》

彼秾矣》《魏风·园有桃》《大雅·抑》等篇章中背有桃花。尤其“桃之夭夭，灼灼其华”句，为千古绝唱，唱尽了桃花的艳丽、繁华、多情，还将桃花与男女情爱联系在了一起，古老的诗歌总是以物起兴，以物拟人。看到了桃花，便想起了心中爱恋着的美人。

唐朝诗人崔护，写过一首《题都城南庄》：

去年今日此门中，人面桃花相映红。
人面不知何处去，桃花依旧笑春风。

很有风韵的画面，美人与桃花连在了一起，很难能分清哪是美人，哪是桃花，写出了意境。

古人是有桃花情结的。唐代诗人刘禹锡有句“山桃红花满上头，蜀江春水拍山流”，还有陶渊明的《桃花源记》、孔尚任的《桃花扇》等都以桃花入题成篇。

桃树的故乡在中国。在余姚河姆渡出土的新石器时代的遗存中，便发现了桃核，证明了桃树原产地在中国一说。在新石器遗存发现以前，桃树的原产地一直被误以为是波斯，甚至有人叫桃树为波斯苹果。西汉以后，中国桃才渐渐传至海外。《中国农业百科全书·果树卷》中是这样写的：“约在公元前2世纪的西汉时代，中国桃沿着‘丝绸之路’，从甘肃、新疆经中亚传入波斯，后经地中海沿岸传入法国、德国、西班牙、葡萄牙，9 世纪欧洲的桃栽培逐渐增多，16 世纪传入美洲，18 世纪日本桃由中国传入……”

桃树栽培却是简单的。取成熟的桃核，埋进土里，桃尖朝上，春天即可发芽。桃树长得也快，三年便可结果，树龄似乎也不长，容易老去。清朝陈淏子在《花镜》中写道：“（桃）性早实，三年便结子。六七年即老。”

陆游的祖父陆佃在《埤雅》中对此也有记述：“谚曰：白头种桃。又曰：桃三李四，梅子十二。”写得很形象，白发老人栽桃也不晚，形容桃树三年即能长大结果。

白居易专以种桃入题入诗，写过一首《种桃歌》：

食桃种其核，一年核生芽。

二年长枝叶，三年桃有花。

忆昨五六岁，灼灼盛芬华。

……

李时珍在《本草纲目》中也写道：“桃性早花，易植而子繁。”

三月春风一吹，桃树的枝叶尚未抽芽，桃花便被吹开了。桃花在百花中是早开的，有古谚“桃先百果而华”。桃花花期较短，遇暖春，则更短。花落去，便结下了果。树叶此后生长得更繁茂起来。清朝徐鼎在《毛诗名物图说》中写道：“诗先言华，次实，次叶，何也？盖诗人之语极有次第。桃当仲春时华先盛；华落则结实，叶尚未茂；厥后其叶蓁蓁而盛，故终言叶也。”

桃子是水果上品。品种多，上市季节便长，从晚春到夏到秋天甚至晚秋，一直都可以看到有桃子上市。水蜜桃主产地无锡，一直到晚秋还可以看到桃农挑着桃子在路旁设摊，个大，色鲜，皮薄，水分足。咬上一口，汁水四溢。

古时桃还是疗饥食物。明朝朱橚在《救荒本草》中有记述，鲜嫩桃叶过沸水，捞起后，滤干，拌以油盐，即可充饥。桃子还没有完全成熟时，可以煮着吃，还可以晒成桃干，待荒时食用。朱橚在“桃”条下是这样写的：“其结硬未熟时，亦可煮食。或切成片，晒干为糁，收藏备用。”

中国桃在民间还有驱邪扶正、长寿的功效，有药用价值。

汉代东方朔在其志怪小说《神异经》中写道：“东方有树，高五十丈，名曰桃。其子径三尺二寸，和核煮食之，令人益寿。”古籍中还有“玉桃服之，长生不死”一说。民间还有“宁吃鲜桃一口，

不吃烂杏一筐”的谚语。民间为前辈老人祝寿，便有晚辈送桃子的习俗，俗称寿桃。替老人办理寿席，席间，酒店也会送上一盘“寿桃”，不过是用面粉做成桃的形状。

按现代医学解释，桃子含有丰富的维生素E，具有抗氧化抗衰老的效用。还有丰富的纤维素，能软化血管，帮助消化，对老年人的动脉硬化、肠胃不适均有明显作用。

桃子背后的文化意味，千古不绝，比如《诗经》中“桃之夭夭，灼灼其华”句，比如曹雪芹笔下的“黛玉葬花”一出。

蒲公英小记

蒲公英是一种普通的植物，生长在江南的春天里，随处可见，按照苏颂在《本草图经》中的说法，蒲公英“处处有之，春初生苗，叶如苦苣，有细刺，中心抽一茎，茎端出一花，色黄如金钱”。清朝吴其濬在《植物名实图考》中说：“淮江以南，四时皆有，取采良便。”韩保升在《蜀本草》中记载：“蒲公英草生平泽田园中。茎、叶似苦苣，断之有白汁，堪生啖。花如单菊而大。四月、五月采之。”

江南农村的儿童常常将蒲公英视作玩物，折一枝盛开的蒲公英，拿在手里，在田野里奔跑，对着春天的阳光，轻轻一吹，花絮随风而散，“花作球状，吹之皆飞去，只剩下一梗光杆”。

蒲公英的食用性是很早便被认识的。李时珍便将蒲公英列入

《本草纲目》中的“菜部”，以为其“嫩苗可食”。《救荒本草》称其为“孛孛丁菜”，又名“黄花苗”，可以荒年救饥，并将食法写得很清楚：“采苗叶，炸熟，油盐调食。”

蒲公英的别名还有很多，明代王磐写过一本《野菜谱》，称蒲公英为“白鼓钉”。王磐是散曲家，《野菜谱》写得很有意思，将每一种野菜编成通俗的谣曲，以菜名起兴，感叹民生疾苦，用以传唱。“白鼓钉”条下是这样写的：“白鼓钉，白鼓钉。丰

年赛社鼓不停，凶年罢社鼓绝声。鼓绝声，社公恼。白鼓钉，化为草。”

一种植物的名字越多，越是说明它深植于民间。蒲公英的别名还有不少，《千金方》中为凫公英；《唐本草》中为耩褥草；《千金翼方》为仆公英；《本草图经》中为仆公罂；《本草衍义》中为地丁；《土宿本草》中为金簪草；《庚辛玉册》中为鹁鸪英；《滇南本草》中为婆婆丁；《本经逢原》中为奶汁草；《植物名实图考》中为黄狗头；《本草正义》中为羊奶奶草。

对蒲公英药用性的认识，年代还可以追溯得更早。有这么一则故事：在唐贞观五年（631）夏日的一天，天气炎热，孙思邈在后花园采集本草，不小心左手中指被一尖细的木刺刺中，开始并不在意，到了夜深时分，疼痛逐渐袭来且愈加严重，到了第二天天快亮的时候，已经是“痛不可忍”。如此连续十天，孙思邈的中指一天比一天肿得厉害。后来，听长者说蒲公英可以疗疮，他便将蒲公英捣烂覆之，“手下则愈，痛亦除，疮亦即瘥，未十日而平复如故”。孙思邈于是将其写入《千金方》，称蒲公英为“治恶刺方”。

蒲公英的生命力很旺盛，随风而长。种子在花絮中，花罢飞絮，花絮随风而逝，风吹到哪里，种子便撒到哪里，落地即生。

李时珍谓其“四散而生”。蒲公英跟着风奔跑着，随风远去，山坡、田野、庭园、路边都可以看到蒲公英的后代。

诗人顾城写过这样的诗句：

在这宽大明亮的世界上
偶尔，也有蒲公英飞舞
没有谁告诉他们
被太阳晒热的所有生命
都不能远去……

木笔小志

木笔是一种植物，因春天吐蕾而初蕾如笔，故名。

苏颂的《本草图经》载：“花似著毛小桃子，色白带紫。花落无子，至夏复开花，初出如笔，故北人呼为木笔花。”李时珍《本草纲目》中写道：“花初出枝头，苞长半寸，而尖锐俨如笔头。重重有青黄茸毛顺铺，长半分许。”清陈淏子《花镜》“木笔”条载：“（木笔）较玉兰树差小。叶类柿而长，隔年发蕊，有毛，俨若笔尖。”寇宗奭在《本草衍义》载：“其花未开时，苞上有毛，尖长如笔，故取象而名。”

木笔一名辛夷。李时珍《本草纲目》载：“夷者，荑也。其苞初生如荑而味辛也。”木笔喜欢温暖土壤，适宜南方生长。古时原本多生汉中等山谷，后来，越江而长，还因花开丰艳，便被大户人家从山谷野地，移植进了园庭花圃，成了一种观赏植物。

梁陶弘景编撰的《名医别录》中载："辛夷生汉中、魏兴、梁州川谷。其树似杜仲，高丈余。"《本草图经》载："辛夷，生汉中川谷，今处处有之。人家园庭亦多种植。木高数丈，叶似柿而长，正月、二月生。"《本草衍义》载："辛夷处处有之，人家园亭亦多种植。"

白居易有《题灵隐寺红辛夷花戏酬光上人》一诗，写得更为引人，"色香味"俱全：

紫粉笔含尖火焰，红胭脂染小莲花。
芳情香思知多少，恼得山僧悔出家。

诗人王维晚年在陕西蓝田辋川过着隐逸生活，在庭园内外遍植辛夷，是为"辛夷坞"，并有同名诗一首：

木末芙蓉花，山中发红萼。
涧户寂无人，纷纷开且落。

辛夷干高且直，形态与玉兰树相仿佛，又同样是先开花后抽叶，开花位置高，位枝头木末，很有个性。王维便在诗中称其为

“木末芙蓉花”。花开枝末，形似芙蓉。典出楚辞《九歌·湘君》，其中有“搴芙蓉兮木末”句。

楚辞中另有多处写到辛夷，写尽了辛夷的妖娆。

《九歌·湘夫人》：“桂栋兮兰橑，辛夷楣兮药房。”

《九歌·山鬼》：“乘赤豹兮从文狸，辛夷车兮结桂旗。”

《九章·涉江》：“露申辛夷，死林薄兮。”

《七谏·自悲》：“杂橘柚以为囿兮，列新夷与椒桢。”

《九怀·尊嘉》：“江离兮遗捐，辛夷兮挤臧。”

《九叹·惜贤》：“结桂树之旖旎兮，纫荃蕙与辛夷。”

当年楚国应已遍植辛夷。

辛夷与玉兰并植，似可以互接。清陈淏子《花镜》“辛夷”条载：“(辛夷)较玉兰树差小……其本可接玉兰，亦宜斫条扦插，可同玉兰并植，至秋后过枝即生，皆可变为玉兰。”

木笔的药用价值极高,效验颇广。宋掌禹锡《嘉祐本草辑复本》载：“辛夷，味辛，温，无毒。温中解肌，利九窍……疗面肿引齿痛……生须发。久服下气,轻身明目,增年耐老。”明李时珍《本草纲目》曰：“主治五脏身体寒热，风头脑痛，面䵟。久服下气，轻身明目，增年耐老。”

木笔入药，采摘也颇有讲究，晚秋为佳。梁陶弘景编撰的《名医别录》中载："九月采实，曝干，去心及外毛。毛射入肺，令人咳。"《本草图经》载："九月采实，曝干用。或云用花蕊，缩者良，已开者劣，谢者不佳。"

车前草

远在先秦时期，车前草已是先民喜欢的植物了。

《诗经》是一部诗与乐完美融合的先秦经典，《诗经·周南·芣苢》中写的是采集车前草时的一种心情，把采下的车前子，提着衣襟兜起来，别好衣襟兜回来。

采采芣苢，薄言采之。采采芣苢，薄言有之。
采采芣苢，薄言掇之。采采芣苢，薄言捋之。
采采芣苢，薄言袺之。采采芣苢，薄言襭之。

读起来是不是有一种内在的旋律在流动着，可以想见先人在采撷车前草时的欢快，植物带给人的愉悦是美妙的，是“由内而外的”。诗中的“芣苢”，便是车前草。

芣苢的别名不少。《尔雅》中记录的有芣苡、马舄，在民间还有当道、牛遗、蛤蟆衣之名。陆玑在《毛诗草木鸟兽虫鱼疏》中释名："此草好生道旁及牛马迹中，故有车前、当道、马舄、牛遗之名。舄，足履也……蛤蟆喜藏伏于下，故江东称为蛤蟆衣。"

古代马车道通达四方，车前草便很自由地生长在泥土里，随风而长，随处可见。李时珍在《本草纲目》中引了宋本草学家苏颂对"车前草"的叙述："今江湖、淮甸、近汴、北地处处有之。"如今，马车道早已被水泥马路所替代，城里也见不到牛、马的踪迹了，车前草照样生长着，似乎只要有泥土的地方，都可以见到车前草在风中招展的样子。

在城市公园的一隅晨练，看到不远处薄薄地覆着一地草本植物，其中也夹杂着车前草。车前草叶阔而厚，有长长的细茎，高出别的草本许多，兀立的样子。在舒缓地打太极过程中，眼前陪着的是车前草在风中招展的样子。

《本草纲目》中记车前草："春初生苗，叶布地如匙面，累年者长及尺余。中抽数茎，作长穗如鼠尾，花甚细密，青色微赤。结实如葶苈，赤黑色。今人五月采苗，七月、八月采实。"

车前草之实为车前子，有"明目，治目热赤痛"的功效。唐诗人张籍在《答开州韦使君寄车前子》中说：

车前子

《本草图谱·卷之十九》

开州午日车前子，作药人皆道有神。

惭愧文君怜病眼，三千里外寄闲人。

张籍自幼家境贫寒，苦读而为进士，因用眼过度，晚年患了严重的眼疾。诗友得悉后，便从千里之外寄来了车前子。此诗即是张籍为答谢友人而作。

车前子还有“导小肠热，止暑湿泻痢”的药用。李时珍在《本草纲目》中较为详细地记载了一则车前子“止暑湿泻痢”的医案。医案是这样写的：“欧阳公尝得暴下病，国医不能治。夫人买市人药一帖，进之而愈。力叩其方，则车前子一味为末，米饮服二钱匕。云此药利水道而不动气，水道利则清浊分，而谷藏自止矣。”李时珍的医案读起像是上佳的小品，《本草纲目》是医药著作，亦有浓厚的文学意味。

车前草的食用价值也是早被古人所识，“……人家园圃或种之，蜀中尤尚”，看来早在宋代，便已经有家植车前草的，按当时的情况看来，家植是为食用的。明朱橚也把车前草写进了《救荒本草》，食用的具体方法：“采嫩苗叶，炸熟，水浸去涎沫，淘净，油盐调食。”不过朱橚把车前草称之为“车轮菜”。还是没有离开“车轮”的概念。

采蕨

阿黑成天上山，上山采蕨作酸菜。一人背了个背篓，头上一块花帕子，匆匆忙忙走到后山去。这几天蕨正发育得好，所以阿黑就成天上山。

这是沈从文《采蕨》一文的开头。“蕨正发育得好”的日子一般是在三月下旬到四月初。因为蕨，演绎了一段情事，这是沈从文的手段。

蕨是情爱中介，可以追溯到先秦时代，《诗经·召南·草虫》有言：“陟彼南山，言采其蕨。未见君子，忧心惙惙。亦既见止，亦既觏止，我心则说。”采蕨是一种形式，内心满是希望见到君子。君子亦然，采蕨只是嘴上的事，说说而已，说给人家听的。植物而成情事中介，蕨也充满了诗意。

蕨是可以疗饥救荒的，明周王朱橚是朱元璋的儿子，朱元璋曾说：“少有饥寒，恐其不知民之饥寒；少服劳事，恐其不知民之勤苦也。皇考、皇妣凶年取食，取草之可茹者，杂米以炊，艰难困苦，何敢忘之？”朱棣由此写了《救荒本草》。蕨也被列入其中：“蕨‘生山野中。……采苗叶，炸熟，水浸淘净，油盐调食’。”

既可疗饥又长于山野，蕨又被隐士旅人所青睐。唐朝诗人郑谷有这样的诗句：“溪莺喧午寝，山蕨止春饥。”诗写得很工整，然而，在饥荒的日子里，仅有诗意是远远不够的。当年，周武王灭商平天下，亡国之室以为耻，不受周王的谷物，伯夷、叔齐二位亡国王子，便隐入一座名叫首阳山的大山深处，以采食薇、蕨为生，最后还是饿死在首阳山。后来李白为此写下诗句：“有耳莫洗颍川水，有口莫食首阳蕨。”

不是饥荒年代，采蕨还是有诗意的。

采蕨有讲究，朝阳山坡上阳光充沛，土质松软，生长的蕨菜不但来势早，嫩而且粗壮。雨后放晴也是采蕨的好时机，从泥土里冒出来的卷曲的新芽，散发着亮光。在一本画册上看到过一幅题为“蕨”的油画，成片的蕨覆盖着整个画面，蕨芽茁壮。画家在画旁写了一段话：“一到春天……蕨苗就拳拳地长出来了，齐崭崭地排着，一片连着一片，还真是好看，便想画它。”

蕨菜在春风下生长着，嫩芽从温暖、湿润的泥土底下钻出，“拳拳地长出来”，形象而生动，采蕨便也是在采撷着光，蕨似乎成了春天的象征和符号，并有《诗经》在春光底下传唱，充满了诗意。在春天的阳光下，诗意的事情往往又容易与情事发生联系。沈从文的《采蕨》诗意盎然，每个字都充满着春光，男女两位主人，采蕨是快活的。“知阿黑所在，牛也不必顾，赶过来，到了阿黑身边，人就快活了。”采蕨的快活明显不在采蕨本身。采蕨的意义远远大于采蕨本身。

蕨菜本身只是一种野菜而已。如果不是为了疗饥，只是作为野菜，其实蕨菜味道还是很不错的，在南方春天的餐桌上还是很受人欢迎的。

蕨菜炒雪里蕻，是春天里南方餐桌上的一道家常菜。先将鲜蕨在沸水中焯一下，去去涩味。腌过的雪里蕻，切碎，后与蕨菜一起在旺火中爆炒，放入咸肉片，喜欢吃辣的可以放些许辣椒末，出锅前放入蒜叶，我还喜欢稍放点酱油，增加一点厚重的味道。

蕨菜烹调的方法很多。我最喜欢将切成段的鲜蕨直接倒入热锅中爆炒，就清炒，不过水，也不需要佐入雪里蕻。雪里蕻的一个主要作用也是为了去涩，但涩味其实便是野菜本味。就好比吃羊肉，膻味也是羊肉的本味。清炒的蕨菜，滑嫩，微涩并略有点清爽的苦味，是山野本味，这就是野菜的味道。明朝诗人罗永恭在一首诗中写过蕨菜的味道：

堆盘炊熟紫玛瑙，入口嚼碎明琉璃。

溶溶漾漾甘如饴，但觉馁腹回春熙。

我觉得写得有些夸张，诗意多了一些。

蕨菜的诗意，还是在采蕨。《诗经》中的疏朗几笔，写尽了采蕨的诗意，沈从文的《采蕨》，同样会传诵久远。

薄采其芹

“芹”这个汉字，似乎能读出水样的意味，为了证实自己的感觉，查了一下典籍，我国最古老的辞书《尔雅》中对“芹”的解释：“水芹，一名水英。”芹，是长在水中的植物。

郑玄在对《诗经》的笺注中说：“芹，水菜也。”后有一个名叫冈元凤的日本人，喜欢《诗经》，对其中的名物进行了考辨，并绘出了相应的图谱，汇成《毛诗品物图考》，对“芹”的考辨是这样的：“芹，水芹菜，可食。”

《诗经·鲁颂·泮水》篇，开首是这样的：“思乐泮水，薄采其芹。”古代的泮水，水清，平静，水边的浅岸中，长满了茂密的水芹，随着水的涟漪摇荡，充满阴柔的风致。不管研究《诗经》的学者对此有过怎样的诠释，我觉得采芹人似乎应该是身着长裙的女子，裙裾飘逸。也似乎是在暮春，阳光和暖。

也是在一个暮春，太阳被阴云遮去，与朋友去爬山，江南的山，不高，平缓，有山溪潺潺流过。山腰有座山庄，便坐下来喝茶，主人还拿来了自己泡的杨梅酒，端上来的几碟小菜中有两碟水芹，一碟凉拌，一碟清炒，清炒时加了些切得很细的干丝。水芹爽口而脆，伴有山野的清香。本来就喜欢吃水芹，三下五除二，风卷残云，两碟很快都见了底。

其实水芹还可以制成泡菜，这种吃法很古老了，陶弘景在《名医别录》中有记载："二三月，芹作英时，可用菹……"意思是，早春三月间，水芹鲜嫩时，可以用来制作泡菜。元朝的王祯将此条写进了《王氏农书》，便流传得更远。鲜嫩的水芹制成泡菜，别有味道。

《遵生八笺》中也写到了"水芹菜"食法："春月采取，滚水焯过，姜醋麻油拌食，香甚。或汤内加盐，焯过晒干，或就入茶供亦妙。"水芹晒干后入茶，又是别一种古老食法。

山庄的主人带着我们去山庄后面的山溪，溪不宽，也浅，水边长满了野生的水芹，丛丛相挤，叶片繁密，绿色与褐色相间，看上去有些细碎的样子。在主人的带动下，我们便学着做了一回采芹人。水芹茎白且枝节疏长，看上去特别鲜嫩。陆游的爷爷陆佃在《埤雅》一书中写道："芹洁白而有节，其气芬芳……"在清澈的山溪边，采着野生的水芹，吟着“思乐泮水，薄采其芹”的诗句，似乎有些古意。

偶读《扬州画舫录》，知道扬州地区盛产水芹，是种植在水田里的。“红桥至保障湖，绿杨两岸，芙蕖十里，久之湖泥淤淀，荷田渐变而种芹。”十里成片的水芹，也定是一番好看的风景。不过，在成片的水田里的采芹，似乎难有《诗经》中“思乐泮水，薄采其芹”的味道了。

乌筱及乌筱笋

在越地尤其是诸暨土语中，乌筱特指竹子的细小枝杈，风干，落叶，便为乌筱。

范寅《越谚》有“竹筱”条，与乌筱相似：“‘筱’音‘啸’。‘筱’本内实外坚如筋之竹名，越指竹枝。”

小时候，乡下农家几乎家家都备有乌筱，扎成一小把，插在门框或窗框的缝隙里，主要是用来赶鸡鸭的。鸡鸭放养在野外，满畈满垄跑，傍晚，主人便会扬着乌筱，赶鸡鸭回家。

有时，家长也用乌筱对付淘气的小孩。遇到自家的孩子在外面淘气，或被对方家长告到家里，便会拿起乌筱打一顿。竹枝细，落在身上会特别疼，夏天，单衣薄裳，稍稍抽得重一点的话，可

见皮下渗血的印痕。家长手里的乌筱一般都会落在孩子的双腿上，有时，在学校里，看到有同学腿上有细小渗血的印痕，不免调笑，说："哈哈，吃乌筱了。"

有时，孩子在外玩耍忘了回家的时间，家长手里扬着乌筱，叫孩子回家吃饭，嘴上喊着："你个乌筱胚，不用回家吃饭了！"有时，小孩在外闯祸或淘气了，同伴会说："回家等着吃乌筱吧。"

胡兰成的《今生今世》，其中《竹萌乳谷》一文，对此有所记述：“因我不成材，几次被父亲恼，更常被母亲用乌筱打。”

乌筱笋，指的便是细竹抽出的笋，如实竹、凤尾竹等。除去毛笋、象牙笋以外，是笋中最细小的一种。

乌筱笋一般长在山路旁，或灌木丛中。较其他种类笋，出土一般要迟些，季节长些，到了五月，还可以在山坡阴面的竹丛中，拔到茁壮的乌筱笋，像笔杆一样地戳在泥土中。

乌筱笋虽细小，鲜味却足，是笋中上品。尤其乌筱炒雪里蕻，按口味，还可放些许辣椒，是阳春餐桌上的常备菜。切成小段，放些咸肉或火腿肉更佳，入笼蒸，蒸透，吃起来也是清香得很，有时还能吃出草本植物的味道。

还是胡兰成的《今生今世》，其中“采茶”一节，对此也有所记述：“采二茶时秧田已经插齐了……小孩与燕子一样成天在外，摘桑葚，拾田螺，拔乌筱笋……”

胡兰成老家在嵊州胡村，毗邻诸暨。

樱桃

《本草图谱·卷之六十六》

诸暨樱桃

诸暨是国内樱桃的重要产区之一。

《中国农业百科全书·果树卷》中有“樱桃”条，载：“中国栽培樱桃已有2000年以上的历史，在中国分布很广，主要产区有安徽太和、浙江诸暨……”

中国农业出版社《中国作物及其野生近缘植物·果树卷》“樱桃”一章中也有记载：“中国樱桃的著名产区主要有山东枣庄、江苏南京、安徽太和以及浙江诸暨4个地方。”

上海辞书出版社《辞海》“樱桃”条载：浙江诸暨为樱桃之著名产地。《诸暨民报五周年纪念册》之“物产概略”章中有“樱桃”一条，载：“樱桃，园圃多植之，立夏前先诸瓜上市，现价每斤七八分。”

郭凤沼写有樱桃青梅词一首：

乌槎白沥树萦环，四月樱桃血色殷。

露叶五更莺未起，游船齐泊藕山湾。

诸暨出产的樱桃大多是短柄樱桃。据记载，诸暨在20世纪50年代初有樱桃面积150亩，其中短柄樱桃面积占70%。因其果柄较短而得名。

短柄樱桃具有果形大、色彩红艳、果味清甜等特点。其单果重2克左右，果实中含蛋白质、糖、磷、铁、胡萝卜素及维生素C等。其中铁的含量比苹果、柑橘、鸭梨高出20倍，在水果中占首位，营养价值很高。

短柄樱桃属蔷薇科，为落叶小乔木。树高5—8米，无明显中心主干，树冠开张，呈圆头形。叶广卵形至长卵形，先端渐尖，边缘有粗锯齿。总状花序，花3—6朵；花开时满园洁白。成熟时绿叶红果，树枝佳美，是珍贵的观赏树木。

《诸暨林业志》“短柄樱桃”条载：“短柄樱桃是中国樱桃优良品种，为诸暨传统名果之一。诸暨为全省短柄樱桃主要产区，质量、产量均居全省首位，境内产地以同山、东溪乡为最著名。”

1993年出版的《诸暨县志》“短柄樱桃”条载：“主产同山

樱桃 江边

乡唐仁村。经济寿命30—40年，株产30—100公斤，大果重2.5—3克。1950年，种植150亩，年产十多吨。1956年达50吨。1985年发展较快，1987年，种植面积近2000亩，年产近百吨。”

近年，诸暨樱桃主要集中在同山镇和赵家镇。每年四五月间，这两个镇的政府都会牵头举办樱桃节会，造势不小，吸引了不少外来客人。

早春的菖蒲

早春的阳光正好，便去郊外溪边闲走，清风温软而挟着些许寒意。溪水清冽，溪边丛丛菖蒲茂密，其间已见有嫩芽萌生，微风吹过，便见菖蒲翻着绿浪，似乎在传来早春的信息。

菖蒲是一年中较早萌动的植物。《吕氏春秋》称菖蒲是“百草之先生者”。冬至过后的五十七日，尚是孟春时节，河水刚刚解冻，蒲草便开始蠢蠢萌生，在初春的寒风中，菖蒲便露出了嫩芽，农家开始耕作了。因此，菖蒲还有个名字叫昌阳，有其得大地最早之阳气而昌盛之意。

菖蒲得名，亦与昌盛相关。李时珍在《本草纲目》中说：“菖蒲，乃蒲类之昌盛者，故曰菖蒲。”

青青的菖蒲叶片，瘦长干净，中间有脊，边缘略薄，感觉锋利如刃，整张叶片看上去像一柄剑刃。溪水缓缓地朝前流着，水中卵石光滑、大小各异，水石间菖蒲根须络石，直立朝上，丛丛绿色剑刃在早春的阳光下，特别地精神，闪闪发亮，看上去像是一盆天然山水盆景，清雅非常。

菖蒲是古代文人雅士的清供，常被植入盆内，放在书房或客厅一隅。

菖蒲的生命力很强，盆内生长无需泥土营养，野外的菖蒲栽入盆时，洗净根系的泥沙，浸植于盆内清水中即可。《本草纲目》中引述了苏东坡的一段话，对此说得清楚："苏东坡云：凡草生石上，必须微土以附其根。惟石菖蒲濯去泥土，渍以清水，置盆中，可数十年不枯。节叶坚瘦，根须连络，苍然于几案间，久更可喜。"

农家小院里，有时也可看到栽在泥瓦盆中的菖蒲，绿叶绿茎，很清爽。只是换水要勤，古籍载："旦暮易水则茂，水浊及有泥滓则萎。"菖蒲是清雅的，要清水供养着。

菖蒲花开得别致，开得也早。早春三月，便抽茎开花，先是细瘦的黄花，密密排列，随风老去，柱状，直直一穗，书称蒲棒，看上去很有些阳刚的意思，古人便常以蒲棒喻男性。《诗经·陈风》有"泽陂"一首，是女子怀想自己心上人的情诗，全诗三节，每节开头，都写到了菖蒲，全诗如下：

彼泽之陂，有蒲与荷。
有美一人，伤之如何！
寤寐无为，涕泗滂沱。

彼泽之陂，有蒲与蕑，
有美一人，硕大且卷。
寤寐无为，中心悁悁。

彼泽之陂，有蒲菡萏。
有美一人，硕大且俨，
寤寐无为，辗转伏枕。

诗中将菖蒲喻为男子，荷花、兰花、莲花喻为女子。

菖蒲叶片似剑，便传说菖蒲具有辟邪驱毒的功能。日本学者中川忠英编著的《清俗纪闻》一书中写到，端午日，家家户户要在门户左右插菖蒲辟邪气，所谓："菖蒲如剑斩八节妖邪。"

在民间，端午节离不开菖蒲，有的地方也干脆将端午节称为菖蒲节。

端午节有喝菖蒲酒的习俗。用菖蒲叶或根切片泡成药酒，端午日饮之，谓可去疾疫延年。苏轼《端午贴子词》中有句：“万寿菖蒲酒，千金琥珀盃。”古医书《洞天保生录》称菖蒲是“除一切恶”方：“端午日，切菖蒲渍酒饮之，或加雄黄少许。”郦道元在《水经注》中也写到：“石上菖蒲，一寸九节，为药最妙，服久化仙。”菖蒲辟邪功能已经有些神化了。

菖蒲叶片老枯后，特别柔韧，是编织物品的上佳材质，民间有蒲席、蒲团之物，坐卧上去，会是特别的安心和舒适吧。《周礼》郑云注云：“蒲为席，所以安人。”

太平花

先说一段王世襄的掌故。

1941 年 12 月，日寇入侵北平，燕京大学停学停课，王世襄去了重庆。临走，将一盆太平花端给袁荃猷，让她代为培养，浇水。时，王为燕京大学研究院老师，袁则是燕京大学四年级学生。王有意，袁有心。王、袁从此便有了书信往还，王一手漂亮俊逸的小楷，让袁着迷。借太平花说事，表明的却是自己心事："你留下的太平花我天天浇水，活得很好，但愿生活也能像这太平花。"王从重庆归来，二人便走进了婚姻殿堂。这则掌故，记录在扬之水女史的《〈读书〉十年》中。

王世襄选择太平花作为自己的情感媒介，别具匠心。想必王世襄博学通才，深谙太平花蕴意，知此花不但吉祥，且充满着贵族气质，是可以带来好运的。

太平花的花名自帝王，最早叫丰瑞花，原产四川青城山一带。

北宋年间，宋仁宗母大寿，青城山一老道献丰瑞花以贺。花开得雍容雅致，清香别异，仁宗见状大喜，便下旨专植于皇宫禁苑，还特赐“太平瑞圣花”花名。金兵破城后，太平花被从汴梁皇宫带到了中都（今北京）。陆游有诗“宵旰至今劳圣主，泪痕空对太平花”，无疑作于江山社稷危急时际。太平花深得历代帝王的喜爱，直至清代，太平花依然是皇家园林所独有，北京故宫御花园中今仍植有太平花。

清朝末年，太平花开始作为皇室珍品赏赐给王公大臣。光绪便曾将太平花赏赐给康有为。后来，每年太平花开放的时节，康有为次女康同璧便会设宴太平花下，聚会赏花。还会指着太平花说，这是御赐太平花，是当年先帝赏赐给先父的。

北京大觉寺历来为皇家寺院，院中植有太平花，至今依然根深叶茂。季羡林晚年写有《大觉寺》一文，写到寺中的太平花："此时玉兰已经绿叶满枝，不见花影，而对面的一棵太平花则正在疯狂怒放，照得满院生辉。晚饭后，我们几个人围坐在太平花下，上天下地，闲聊一番……"

后来，皇室气数到了尽头，林散花乱，太平花也从内宫移植至私宅庭院，再到民间。因为华贵而清雅，此花便成为了园林、宅第爱物，植于假山叠石旁，相得益彰。

离乱之年，便会特别地向往太平岁月。近代小说家张恨水写有长篇小说《太平花》，是一部带有抗日色彩的作品，也是其"国难小说"的开端。用太平花作为小说名，其蕴意显而易见。

还是扬之水的《〈读书〉十年》，再次写到了太平花，是说范用先生的小院将被拆去，扬之水最后去作别，一院的植物中包括太平花："夹在丁香中间的是太平，刚刚含苞，主人却等不到它开花了。主人别去，太平也就结束它的生命。小院将夷为平地，再不见旧日风景。"这一条，扬之水记在 1994 年 5 月 11 日的日记中。

罗汉豆

祥林嫂的儿子阿毛坐在门槛上剥豆，竟被狼叼走，还是个春天的清早。这是鲁迅先生小说《祝福》中最为哀惨的一节。那天清早，祥林嫂盛了一篮豆，叫阿毛坐在门槛上剥豆。等到米下了锅，要蒸豆。“叫阿毛，没有应，出去口看，只见豆撒得一地……”阿毛坐在门槛上剥的豆，便是罗汉豆。

鲁迅在很多作品中写到了罗汉豆。《朝花夕拾》的小引中写道：“我有一时，曾经屡次忆起儿时在故乡所吃的蔬果：菱角，罗汉豆，茭白，香瓜。凡这些，都是极其鲜美可口的，都曾是使我思乡的蛊惑。”

鲁迅在《社戏》中也写道：“这回想出来的是桂生，说是罗汉豆正旺相，柴火又现成，我们可以偷一点来煮吃的。”

周作人在晚年，曾以“罗汉豆”入题作文：“豆类里边我觉得罗汉豆最有意思，这在别处都叫作蚕豆，只有我们乡下称为罗汉豆，也不知道是什么缘故。我喜欢它因为吃的花样很多……”

周氏兄弟对罗汉豆一直念念不忘，可见，在越地尤其绍兴，这种吃食甚为普遍。

叫罗汉豆的缘故，现存两种说法：一种说法是，豆长在荚壳里，几粒豆籽叠成一列，像是叠罗汉；一种说法是，豆剥出后，看上去活像一张罗汉的脸，圆嘟嘟，娃娃脸，佛相，故又称佛豆。

在罗汉豆花样繁多的做法中，有一种做法最为“绍兴”。将蚕豆放入清水中，加入茴香、桂皮和盐，用文火煮，便是茴香豆。绍兴人特别喜爱茴香豆，把它当作四季常备的佐酒小菜。因为鲁迅先生在《孔乙己》文中“温一碗酒，要一碟茴香豆”的描述，茴香豆更成了扬名天下的绍兴物产。在今天的绍兴咸亨酒店，茴香豆依然是招牌小吃。

罗汉豆吃法很多，我还是喜欢老豆晒干后，在锅中生炒。先用旺火，将锅底烧热，倒入老豆，改用文火，不断翻动，至外壳焦黄，出锅。这种豆做出来特别香，还是豆的本香。硬，铁一样硬，按周作人的说法是“铁蚕豆，坚如铁石”。有咬劲，磨牙。

还有一种吃法也很不错。将罗汉豆清水煮，放些许盐，捞出沥干，冷却后，皮发皱，是下酒上佳小菜。清爽且素心。

范寅《越谚》之“罗汉豆”条中是这样写的：“此豆扁大，

只能用菜，吴呼蚕豆。”

李时珍《本草纲目》之“蚕豆”条说：“豆荚状如老蚕，故名。王祯《农书》谓其蚕时始熟故名，亦通。《本草纲目》中引《太平御览》云：“张骞使外国，得胡豆种归。指此也。”李时珍又说：“蚕豆南土种之，蜀中尤多，八月下种，冬生嫩苗可茹。方茎中空。叶状如匙头，本圆末尖，面绿背白，柔厚，一枝三叶。二月开花如蛾状，紫白色，又如豇豆花……蜀人收其子以备荒歉。”

说到罗汉豆救荒，《救荒本草》“蚕豆”条中也有载，说其叶状类黑豆叶，而圆长光泽，纹脉竖直，色似豌豆，颇白，茎叶稍间开白花。而救饥时可采豆煮食，炒食亦可。

麦田

五月，麦子的颜色随着阳光浸入土地，原本黝黑的土地，被深深地浸染，也散发出麦子的颜色。弯腰在麦地里收割麦子的农夫和农妇，被麦子的光芒所包围、所折射、所缠绕，远远望去，像是一棵棵硕大无比的麦穗……丰收以后的麦地，留下了参差不齐的麦茬，还有遗落在麦茬间的麦穗。

拣麦穗是那些年农村少年放学后或星期天的“家庭作业”。拎着五升篮，弯着腰，心里想的只是麦穗。遗落的麦穗终究“无几”，更多的时间是行走在麦田间，弯着腰，有麦穗进入眼帘，心底便有一阵惊喜。麦穗发出了金黄的光芒，眼睛也就跟着亮了起来。麦垄笔直，少年也沿着长长的麦垄一直朝前走着。拣满了五升篮，满心欢喜，想到父母看着也会开心，少年向家里交了一份满意的答卷，他们心思就是这么的简单。

农村姑娘拣麦穗的心事可能会更多一些，这是后来看了张洁的名篇《拣麦穗》后获悉的，不过，张洁写的是北方农村的一些场景，文中这样写着："拣麦穗的时节，也是最能引动姑娘们幻想的时节。在那月残星稀的清晨，挎着一个空篮子，顺着田埂上的小路走去拣麦穗的时候，她想的是什么呢？……她拼命地拣呐、拣呐，一个拣麦穗的时节也许能拣上一斗？她把这麦子卖了，再把这钱攒起来，等到赶集的时候，扯上花布、买上花线，然后，她剪呀、缝呀、绣呀……也不见她穿，谁也没和谁合计过，谁也没和谁商量过，可是等到出嫁的那一天，她们全会把这些东西，装进她们新嫁娘的包裹里去……"想得够多够远的吧。

离开农村以后，麦田远去了。有麦子进入视线，更多的是人文化了或者是诗化了的麦田，是另一片麦田，有着麦田以远的绵长意境。

"人就像一根麦秸，一变黄就弯曲了。"这是以色列作家格罗斯曼说过的一句话，很形象，更多的还是象征意味。而法国画家米勒，则是使用色彩、线条、画框将人与土地、田野、麦地、麦穗等联系在一起，米勒名作《拾穗者》即是一幅典型的作品。三位身材丰满的农妇，弯下腰，伸出虔诚的手，触向大地，触向麦子。四周是广袤的田野，与天边相接，天地一色，麦秸垛呈粗壮的柱状高高地堆在大地上，散在的状态。整个画面呈现麦黄色，

《拾穗者》 米勒

抑或土黄色，画家是想凸显麦子和土地的本质，有一种厚实、饱满、沉重的感觉。收割以后的麦田，宁静、平和、波澜不起，汹涌的麦浪似乎隐匿于地下，进入土地的心脏部位。拾穗者浸染、笼罩于麦黄色之中，看上去，真像是格罗斯曼所喻的麦秸，三根麦秸，三根弯曲的麦秸。其弯曲的角度正好体现了拾穗者面对大地宗教式的虔诚，同时，也说明了画家的大地情结和宗教情怀。

还有海子的诗。麦是海子诗中最为核心的意象，且繁衍出了许多与麦相关的系列词，如：麦田、麦子、打麦场、麦地、麦秸、麦收……以麦入诗，且使用频率之高，无出海子之右者。研究者对此有过统计，学者林贤治曾说："有人统计过，麦子这一意象的使用，在海子的诗中至少不下百次。"直接以麦入诗题的也很是不少，诸如《熟了麦子》《麦地》《五月的麦地》《麦地或遥远》《麦地与诗人》……在海子的精神深处，麦是诗，麦是生活，是故乡，是天堂，还是苦难，更是一个生命体……

海子写于1985年的《熟了麦子》，便是经典的一首：

那一年
兰州一带的新麦
熟了
在水面上混了三十多年的父亲
回家来
坐着羊皮筏子
回家来了
有人背着粮食
夜里推门进来

油灯下

认清是三叔

老哥俩一宵无言

只有水烟锅

咕噜咕噜

谁的心思也是

半尺厚的黄土

熟了麦子呀！

诗意远比现实的麦田要绵长而宏大得多得多。

无花果

无花果恐怕是最容易种植的一种植物了，可以说是见土即活。

明朝的王象晋在《群芳谱》中写道：“（无花果）最易生。插条即活，处处有之。”开春后，取一长枝，去掉枝头的残叶，插入土中，插得稍深一些。保持土壤潮湿，隔天浇些清粪水。长出细嫩的叶片后，便改为每天浇清水，一是怕肥过则光长枝叶而影响果实，再是无花果木质本身松脆，枝叶过茂则易折。无花果喜潮湿，五月无花而果，结果后更不宜缺水，水足则果丰。古籍中存有这样一说，置缸于果树一侧，缸中盛满清水，用细管汲之，汲水至果树，日夜不绝，则实大如瓶。此说是否确实，待试。

俗话说，十年树木。果木而言，快则如桃、李者，或许也需经年才能结果，而无花果则是无花而实，当年便可吃到果实。还是《群芳谱》言：“此果截取大枝扦插，本年结实，次年成树。”

无花果原产地在欧洲地中海沿岸和中亚地区，应该在唐朝以前便已被引入中国。最早见载于唐朝段成式的《酉阳杂俎》一书中。其中记载甚为简要：当时国内称无花果为阿驿，在古代的伊朗一带称无花果为阿阳，而在叙利亚则称之为底珍，树长有四五丈，才枝叶繁茂，无花而结果。成熟的果实呈微紫色。

无花果也是《圣经》中最早提到的一种植物。无花果叶是人类最早遮挡身体隐秘部位的工具。《创世记》第三章记载，亚当和夏娃摘吃了善恶树上的果子之后，他们的眼睛就明亮了，才知道自己是赤身露体。便摘下无花果的叶子为裙，遮掩裸身。

因为种植容易，且易贮存。明朝的时候，无花果便已成了疗饥救荒的食物。朱橚的《救荒本草》，将无花果列入“木部”之“实可食”条：“无花果，生山野中。今人家园圃中亦栽。叶形如葡萄叶，颇长硬而厚。梢作三叉。枝叶间生果，初则青小，熟大，状如李子，色似紫茄色，味甜。”明朝的王象晋在《群芳谱》中将无花果的济饥效用写得更为直接：“无花果……随地种数百本，收实可备荒。……或鲜或干，皆可济饥以备歉岁。”

无花果干亦可食。明朝李时珍在《本草纲目》中说，无花果“采以盐渍，压实令扁，日干充果食”。

无花果，略呈扁圆，带蒂，与其相类似的物品不少。看上去像南方一种叫团圆果的米粉点心，又形似荸荠、洋葱等。古籍中关于无花果形状的描述，也各有一比。

《救荒本草》以为无花果“状如李子”。李子是南方很普通的一种水果。《群芳谱》《本草纲目》中均称无花果“状如木馒头”。木馒头是木莲的别称。就此引申开去，则无疑与一种叫馒头的食物形态相类了。明朝兰茂在《滇南本草》中则认为，无花果“出云南者果如小青枳”。青枳即是尚未成熟的青橘，同样是南方再普通不过的果实。朱琛在《洞庭东山物产考》中更将无花果类比得简单直接，以为“状如大蒜”。也很形象。

在众多的类比中，无花果作为一种果实，形态最与木莲相类。

无花果的药疗作用也是很早便被人类认识到。它的疗毒作用早在《圣经》中便被提及：“以赛亚说，当取一块无花果饼来，贴在疮上，王必痊愈。”

李时珍在《本草纲目》中突出了无花果的疗痔效用，认为无花果“实：主治开胃，止泄痢，治五痔，咽喉痛。叶：甘，微辛，平，有小毒，主治五痔肿痛，煎汤频熏洗之，取效”。

《滇南本草》中对无花果的疗毒作用尤为看重，以为是外科神药：“五月无花结果，故名。叶味甘微辛，有小毒。果皮同治五痔肿痛。煎汤频熏洗取效。实瓤主清利咽喉，开胸膈，消痰化滞。得酸则入肝，通利血脉，清肝胆积热，而令目明也。……治

一切无名肿毒，痈疽发背。便毒鱼口，乳结痘毒。遇各种破烂者，麻油调擦，神效无比。外科之神药也。”

朱琛在《洞庭东山物产考》中载：“老人、小儿均宜食，不伤人，性寒，愈痔疮。蜜煎晒干可供茶点，叶煎汤洗痔甚效。”

现在的茶室里，无花果干仍是一种茶点。

至此，说到了无花果的无数是处，还是有些松散。《群芳谱》对无花果倒是进行了概括，归纳出了无花果之七利：“实甘可食，多食不伤人且有益，尤宜老人、小儿，一也；干之与干柿无异，可供笾实，二也；六月尽，取次成熟，至霜降有三月常供佳实，不比他果一时采撷都尽，三也；种树十年取效，桑、桃最速亦四五年，此果截取大枝扦插，本年结实，次年成树，四也；叶为医痔胜药，五也；霜降后未成熟者，采之可作糖蜜煎果，六也；得土即活，随地可种，广植之，或鲜或干，皆可济饥以备歉岁，七也。”

野草莓

那天在山上看到了绵延一片的野草莓，在一块平地边缘，临着一曲山溪，溪水是浅的。野草莓生长很旺，淡绿色的叶片茂密而重叠，委地而生，看上去有些厚实，果子很招人，颜色鲜红，绿叶红莓。正如典籍载“叶有长柄，开白花，果实红色，味酸甜”，一派丰盈的自然风情。有朋友弯着腰，一边采着野草莓，一边往嘴里送，嘴角有草莓汁液散漫地滴落。

山坪上看着这样的场景，有些诗意，想起了英格玛·伯格曼的《野草莓》，是一部充满诗意的老片子。片子中反复出现大片大片茂密的草莓地，也是在一片绵延的山坡上。那是年迈的主人公伊萨克·伯雷在旅途中的梦幻场景，少年的乐园，有美妙的音乐响起，还有伙伴们和初恋情人在采摘草莓时的欢笑声。初恋情人后来不知所终，大片大片连绵的野草莓地作为少年的乐园，成为梦幻中永远的记忆符号，留存在人生安宁的一隅。董桥曾经在

电影《野草莓》海报

一篇文章里写到，中年人看了英格玛·伯格曼的《野草莓》，下半辈子会活得更宁贴。按照董桥的说法，下半辈子的活法，似乎与少年的乐园有着不小的关联。

其实，不是所有野草莓都是可以随意采摘食用的，乡间有一种称为蛇莓的便不能采食。乡人认为蛇莓是蛇游过留下的毒液而生成的，虽然看上去外形与野草莓相似，而且生长期也相差无几，也是近地匍匐而生。小时候听老人说，蛇莓丛中常会有蛇盘伏着，所以农村小孩一般都会远离蛇莓。李时珍对蛇莓是这样说的：“蛇莓，园野多有之。子赤色，极似莓子，而不堪啖。”

乡间辨别蛇莓有一套土方法，蛇莓的叶片显得更尖一些，全株被细柔白毛，关键是蛇莓内中是实的，而可食的野草莓内中是空的，能否食用，一叩即知。这种乡间习俗，也是有依据的，古籍《草木典》中说："蚕老时熟红于地，其中空者为蚕莓，中实极红者为蛇残莓，人不啖之，恐有蛇残也。"其中写到的蚕莓，即为可食的野草莓。李时珍还说，蛇莓"就地引细蔓，节节生根，每枝三叶，叶有齿刻。四、五月开小黄花，五出。结实鲜红……其根甚细……又传食之能杀人，亦不然，止发冷涎耳"。从中知道，也可以从色泽上辨认蛇莓和野草莓，蛇莓较野草莓的果实更为深红，蛇莓开小黄花，野草莓开的则是白花。

到朋友家聚餐，朋友的家在一块坡地的边上，知道我们这些从城里来的人喜欢尝野味，已经采了一篮野草莓，装盘端上了桌，满满的两盘。个虽小，形也不甚规则，较之人工培育的草莓却更为爽口、清淡，又微甜解渴，大家围坐在一起，嘴角沾着野草莓汁水，连茶水也省掉了。

朋友家屋后坡地的另一面有一条小溪流过，小溪的两边长满了野草，野草丛中，野草莓也长得丰茂，一旁有几株松树在风中招展着，一些老去的松树叶子在风中飘落，落在野草莓上。朋友们掌中托着刚采下的野草莓，阳光有些白。带着野草莓回家，似乎带回了一怀天然的山地风情。

后来，想让一位喜欢画画的朋友画一幅野草莓的画。递给他一张照片，照片是在山上野草莓地上照的，匍匐着一地的野草莓，果子累累而鲜红。我说，照着照片画就行。朋友照着照片很快就画好了，看了后，感觉画得很像，简直跟摄影没什么两样，只是看不出野草莓的那份安宁，自然也就不会有英格玛·伯格曼的《野草莓》中的那种意味，不会有董桥所说的那份宁贴的感觉。

凌霄花开

伏天是凌霄花开得最旺的时候。

小区西侧围墙的墙根，植着几株凌霄，是一位邻居撒下的种子。邻居家的房子紧靠着围墙，他说，凌霄花可是一景，藤可遮阴。

凌霄花开鲜艳，形状亦美，宛若牵牛，花开在藤蔓枝头，枝头一垂，花苞昂首朝天，花期一过，花瓣败去，剩下花体，呈钟形，悬挂着，故有别名称倒挂金钟。凌霄花的色泽又与天气、季节相关，阴雨天花显赭黄色，进入晚秋，秋高气爽，凌霄开花更见赤红。陈淏子在《花镜》的“凌霄”条下写道：“开花每枝十余朵，大若牵牛状。花头开五瓣，上有数点黄色。夏中乃盈，深秋更赤。”

凌霄藤蔓蓬勃浓绿，亦属夏日一景。藤蔓顺着围墙墙体攀援而上，重重叠叠，分枝纵横交叉，叶片细碎，看上去便更加茂密、厚实。藤蔓分枝很快，一个分枝就可以蔓延一片，后再分枝，呈几何级数式的递增，所以其蔓延速度是不可能会慢下来的。往往傍晚是一景，来日早上又是另一景。藤蔓顺着墙体往上攀援，凌空开花，真正是花开凌霄了。李时珍在《本草纲目》中说：“附木而上，高数丈，故曰凌霄。”

李渔在《闲情偶寄》曾说：“藤本之花，必须扶植。扶植之具，莫妙于从前成法之用竹屏。或方其眼，或斜其槅，因作葳蕤柱石，遂成锦绣墙垣……”如此说来，凌霄攀援围墙，则可谓是锦绣一体。

凌霄的“得木而上本是藤蔓植物的特性”，却引来了许多微词，文人多以为凌霄依附而长，不能自立处世。诗人白居易曾作《有木诗八首》，提到凌霄，写的就是这层意思：

有木名凌霄，擢秀非孤标。
偶依一株树，遂抽百尺条。
托根附树身，开花寄树梢。
自谓得其势，无因有动摇。
一旦树摧倒，独立暂飘飘。
疾风从东来，吹折不终朝。
朝为拂云花，暮为委地樵。
寄言立身者，勿学柔弱苗。

如此类比锦绣凌霄，实在也是有些冤的。不过，《花镜》的“凌霄花”条，记载了一则民间故事，是这样说的：“昔洛阳富韩公（富弼）家植一本，初无所依附而能特立，岁久遂成大树，亭亭可爱，亦草木之出乎其类者也。”不会仅仅是故事吧。

凌霄花好看，却不好闻，还是《花镜》“凌霄花”条载：“……但花香劣，闻太久则伤脑，妇人闻之能堕胎，不可不慎。”李时珍在《本草纲目》中也说道：“花不可近鼻闻，伤脑。花上露入目，令人昏蒙。”连花瓣上的露水，溅入眼睛，也要使人头脑发昏。

比之许多植物在荒年都被当作疗饥的食物，凌霄似乎无此功效。《诗经·小雅》便有《苕之华》篇。苕即是凌霄花别称。通篇如下：

苕之华，芸其黄矣。心之忧矣，维其伤矣。

苕之华，其叶青青。知我如此，不如无生。

牂羊坟首，三星在罶。人可以食，鲜可以饱。

诗中描述的是荒年饥馑，灾民困苦的情形。从“苕之华”中可能得出二种信息，一是即使荒年，凌霄照样生长葱郁。二是凌霄似乎不可以救荒，不然面对茂绿的凌霄不应该感到忧伤，不应该是“不如无生”吧。更不会“人可以食，鲜可以饱”。查了《救荒本草》，也没找到“凌霄”一条。

凌霄的药用功能还是突出的。苏颂在《本草图经》“凌霄”条中说：“今医家多采其花干之，入妇有血崩风毒药，又治少女血热风毒，四肢皮肤生瘾疹。并行经脉方：凌霄花不以多少，捣罗为散，每服二钱，温酒调下，食前服，甚妙。”

一位写诗的朋友写了一首《宋梅桥河沿的凌霄》，诗意盎然，宋梅桥在绍兴城里：

诗歌？
喏，诗歌就是垂挂在宋梅桥河沿的凌霄花，
一行行清晰可见的长短句子，
一行行有根基有出处的活着的句子，排列着。
关键是，每一行上面都镶嵌着
一两个醒目的好词——
飘香的花朵，靓丽的花朵，那些现成的诗眼……
而更奇幻的是：在河水的波光里
细心的你隐约还能读到另一首诗，
倒映着，似无还有，意味深长。

木莲与木莲豆腐

鲁迅先生在《从百草园到三味书屋》一文中写百草园的植物，提到了木莲："何首乌藤和木莲藤缠络着，木莲有莲房一般的果实……"周作人在《鲁迅的故家·园里的植物》一节中，也写到了木莲："木莲藤缠绕上树，长得很高，结的莲房似果实……"

在一张图片上看到过木莲，不是缠绕在树上，而是缠在了一面墙壁上。缠得很紧，木莲叶绿，爬满了整面墙，墙用红砖砌成，绿叶红砖，看上去颇有意味。

李时珍在《本草纲目》中说木莲："延树木垣墙而生，四时不凋，厚叶坚强，大于络石。不花而实，实大如杯，微似莲蓬而稍长，正如无花果之生者。六七月，实内空而红。八月后，则满腹细子，大如稗子，一子一须。”

古时，木莲亦称薜荔，或许是藤蔓攀缘俊美，很受人们喜爱，视其为香草，文人常将其入诗入文。远在战国时期，薜荔作为香草，被写入辞章中，在楚辞及《离骚》中引入颇多，仅屈原在《离骚》《九歌》《九章》《九叹》等篇章中，便有近十处写到了薜荔，如“薜荔柏兮蕙绸，荪桡兮兰旌”，

“罔薜荔兮为帷，擗蕙榛兮既张”，“令薜荔以为理兮，惮举趾而缘木”，“薜荔饰而陆离荐兮，鱼鳞衣而白蜺裳”，“搴薜荔于山野兮，采撚支于中洲”。《九歌·湘君》中也有“采薜荔兮水中，搴芙蓉兮木末”等。可见薜荔作为一种植物，在屈原笔底的位置。在楚辞的篇章中，拟人笔法不少，薜荔便被视为是高洁、脱俗并通体流露出沉香味的君子的象征。本身并无香味的薜荔，因此也入香草之列。

唐朝本草学家陈藏器在《本草拾遗》中便将“薜荔”称为“扶芳藤”。清朝植物学家吴其濬在《植物名实图考》中说：“薜荔以楚词屡及，诗人入咏，遂目为香草。今江南阴湿，墙瓦攀援殆遍，何曾有臭？”

五代诗人徐锴在一首《秋词》中有句“雨久莓苔绿，霜浓薜荔红”，写出了秋天木莲被霜的红叶。唐代柳宗元有“惊风乱飐芙蓉水，密雨斜侵薜荔墙”句，斜雨中的木莲别有一番风韵。还有宋代梅尧臣“春城百花发，薜荔上阴阶”句，写的是百花开时薜荔的风姿。

进入伏天，木莲结果。藤蔓枝头便会垂下莲蓬一般的果实，其中似莲子的籽粒，俗称有木莲子。

木莲子用途不少，其中之一是可以将其磨成粉，制成“木莲豆腐”，是民间凉粉的一种。吴其濬《植物名实图考》在“木莲”条中说：“俗以其实中子浸汁为凉粉，以解暑。”周作人在《园中的植物》一文中也写到，木莲“可以用井水揉搓，做成凉粉一类的东西，叫作木莲豆腐，不过容易坏肚，所以不大有人敢吃”。

写到这里，想起少年时在乡下消暑的情形。村头有一棵大樟树，枝叶如盖，常聚集着纳凉的村人。记得这里设有一摊，专卖木莲豆腐，摊主是村里的一位长者。木莲豆腐可是当年的消暑佳品，将其切成豆腐块状，浸放在水中，桶中清水是从深井中汲取上来的，特别清凉。食用时，将木莲豆腐捞出，再切成小方块，盛入碗中，浇点糖水，添上醋，再滴上几滴薄荷油便成，吃起来凉爽清口。

那个年头，一个暑天，吃木莲豆腐的次数不会少，好像也没有出现过什么“坏肚”的情况，这似乎与周作人的说法出入较大。不过现在市面清凉的饮料多了，木莲豆腐这种民间凉粉自然也就渐渐不容易见到了。

木莲入药，药效不小。《本草图经》在说到薜荔时说：“近人用其叶，治背痈，干末服之，下利即愈。”《本草纲目》中也将木莲“治背痈”的药效放在第一。李时珍在《本草纲目》中特别引说了“薜荔治背疮”一则。说的是宜兴一位年过七旬的老举人，时患背疮，寻遍村中医药，不见好转，于是，取来了薜荔叶片，捣烂绞汁，汁和蜜服之，渣则敷之患处，遂愈。在这则的最后，李时珍写下的是这样一句：“乃知《图经》之言不妄。”

石榴

石榴开花很特别。花果一体，石榴开花，果也在其中，待到花朵谢去，便是硕果仅存。

石榴花的红色，没有杂质，纯粹的红，红得热烈，如同火焰在燃烧。五月原野，新绿如碧，一树榴花似灼，细叶点缀，远远望去，站立在阳光下，似一炷火炬，燃烧在绿色的原野。若榴树成林，那更似红火一片，五月一景。五月便又称榴月。

清朝高士奇在《北墅抱瓮录》中对此的记述很是形象，说："当仲夏之时，新绿初齐，远近一碧，惟榴花烘晴映日，灼灼欲然，可谓绚烂矣。"唐代诗人元稹在《感石榴二十韵》中有句："绿叶裁烟翠，红英动日华。"

榴树的枝干长得曲折而奇崛、峥嵘，即使树龄不长，枝干看上去也像是老到的样子，颇具观赏性。郭沫若《石榴》一文中写道："石榴有梅树的枝干，奇崛而不枯瘠，清新而不柔媚。"我有一

个喜欢画画的朋友，也说过这样的意思，说是画树的枝干，榴树与梅树的画法极为相似。

有盆栽石榴，叶碎而密，开花或不结实，即使结实，也酸涩不可食。专为观赏，置于庭前阶下，精致者，可作案头清供。明朝田艺蘅在《留青日札》之“五色石榴花”条中有载，说此树甚小，单叶，不结实，长不逾尺，可供盆几之玩。宋代程颢也有诗：

百叶盆榴照眼明，桐阴初密暑犹清。
深深重幕度香缕，寂寂高堂闻燕声。

观赏石榴品种甚多，有些一年可数次开花。宋范成大在《桂海虞衡志》中载：“石榴花……四季常开，夏中既实之后，秋深忽又大发花，且实，枝头硕果罅裂，而其旁红英粲然……极可玩。”

石榴花瓣看上去还很像舞女优雅的裙裾，“石榴裙”便成了女人裙子的代名词，梁元帝在《乌栖曲》中有“芙蓉为带石榴裙”之句，“石榴裙”的典故，据说是缘此而来。后来，男子被女子所征服，就被称为“拜倒在石榴裙下”。这是石榴花与传统服饰文化发生的联系。

石榴原产地在古波斯一带，约公元前 2 世纪，张骞出使西域时带回引入国内。据晋张华《博物志》载：“汉张骞出使西域，得涂林安石国榴种以归。”故石榴又名安石榴。

石榴喜温暖干燥的气候，喜丰裕的阳光，又喜土层深厚、排水通透的沙壤土。我国新疆的南部地区十分适合石榴生长。《中国农业百科全书》“石榴”条载：“新疆叶城石榴，果大质优，颇负盛名。”喀什、和田地区都是产石榴的佳处。这里常年阳光充沛，就石榴而言，依恋阳光胜过土壤，或者，阳光简直可以说是石榴的土壤。新疆的石榴不但饱满、浑圆，且汁水清冽丰盈，咬在嘴里，汁水四溢。会吃石榴者，总是将饱满的石榴一颗一颗地放进嘴里，慢慢咬碎、咀嚼，延长石榴的清甜在嘴里停留的时间，其味在舌尖荡漾，久久回味。

石榴在维吾尔语中叫“阿娜尔”，新疆姑娘取名“阿娜尔罕”者很多，可见，石榴在新疆还象征着美丽、清纯，阿娜尔罕是新疆姑娘的代表。是美丽的，在阳光下，荡漾着石榴花的热情多姿。

夏枯草

夏枯草这个名字取得直接，中有两层意思表达得相当明白，它是草本植物，到了夏天便会枯去。

夏枯草生命力不弱，适应性强，坡地、路旁及山林坪地，随处可见。高地或干燥的地域，夏枯草便长得瘦些，溪畔或潮湿的地方，便长得肥嫩而粗壮些。夏枯草叶片呈狭长形，锯齿状。李时珍在《本草纲目》中对夏枯草描述得很是详尽：“原野间甚多，苗高一二尺许，其茎微方。叶对节生，似旋覆叶而长大，有细齿，背白多纹。茎端作穗，长一二寸，穗中开淡紫小花，一穗有细子四粒。”

唐朝著名中医学家苏恭在《唐本草》中记夏枯草“处处有之，生平泽”。

夏枯草三四月间开花，开的是白花，好看，成片连绵开花更好看。长得颇为整齐的夏枯草，挤在一起，绿色地毯一样，有风吹过，绿浪逶迤远去。开花了，则是一席鲜亮的织绵锻子，铺在泥土地上，柔软而富有意趣。随后夏枯草开始老去，在阳光下，渐渐转成紫色、再褐色而老去。

夏枯草是一味中药。主要药效是清肝火，散郁结，还能降血压。我国最古老的医籍《神农本草经》认为夏枯草“主寒热、瘰疬、鼠瘘、头创、破症、散瘿、结气、脚肿……”。李时珍在《本草纲目》中写到若有因肝火旺引起眼目红肿疼痛，夏枯草疗效最佳，用砂糖水浸泡一夜，服之，“能解内热，缓肝火也”。

明朝还有一位萧山籍的名医叫楼全善，他在医案中说，夏枯草对肝火旺而目肿红痛且到晚上尤甚的患者有神效。有些病人先用了别的性寒药，不但没有效果症状反而重了，此时服夏枯草则“亦神效”。

夏枯草入药主要是枯去的花穗，每年五至六月当花穗变成棕褐色时，选晴天剪下花穗，铺在通风的室内地上，或晾在通风的室内，阴干者佳。

因为有泻火药用，民间便用夏枯草作夏日清凉用，不但枯去的花穗有用，包括茎叶在内的整棵草都可用，台湾地区尤其盛行。据说在台湾地区的街头、菜市场或是凉茶铺均可以看晒干的夏枯草在出售。

夏枯草还可以食用疗饥。《救荒本草》“夏枯草”条载：“叶味苦，微辛，性寒，无毒。食法：采嫩叶炸熟，换水浸淘去苦味，油盐调食。”明朝鲍山编撰的《野菜博录》也有同样的说法：“采嫩叶炸熟，水浸淘去苦味，油盐调食。”李时珍《本草纲目》载：“嫩苗沦过，浸去苦味，油盐拌之可食。”

不过，不管是入药还是食用，最好不要用铁器来接触夏枯草，在民间，有夏枯草忌铁一说。

消饭花

消饭花，花名听上去有些土，一听便知道源自于民间，但很直接地点明了花的功用：消饭花是可以食用的，还有消食功效。其实，它更主要的功效还应该是解暑。暑天，用它泡茶喝，在浙东乡下有这种土制的饮料。

消饭花是一种很普通的植物，江南山间、坡地还有溪边都能看到。它长得低矮，不太起眼，株高不过三尺，枝条细密，开花也繁茂。六月开花，开的是白花，花朵细小，开在枝尖，开得紧密，且株植往往成丛而生。

江南六月天，消饭花开花的时节，太阳直射得厉害，照在消饭花上，看上去白花花一片，老远就能望见，很像是一层白白的雪花或是霜花，浙东民间，消饭花便有了六月雪、六月霜的别名，倒也形象。暑期听到这样的名字，看到如雪如霜的消饭花，暑气也会消去许多。设想一下，将消饭花移入庭院或盆栽临窗的阳台，待暑期放花，也会感觉有习习凉意吧？

消饭花泡茶，最佳采撷时间应该是在花蕾似开未开时，若等到完全开放了，香味就要减掉许多。在消饭花尚未完全开放时，乡民拿着割草的镰刀去采割，采割的部分除了花蕾，还要连着细枝一起，细枝需保留有三十到五十厘米。

消饭花采回家后，薄薄地铺在地上，六月的太阳毒，晒不了几个太阳，水分便蒸发完了，消饭花也从绿色晒成了深褐色。干燥了的消饭花，能把植物特有的清香味传得老远。

晒干了的消饭花泡入沸水，一会儿功夫，味道便完全跑到茶水中了，喝起来特别清香，尤其解暑。

暑期也是乡下忙着稻谷收种的时节。当年农田种植双季水稻，农时紧，抢收抢种，起早摸黑在田头。农忙时分，几乎每家都会泡上消饭花茶，凉了后，再盛入大茶壶，青花陶瓷做的茶壶，边上伸着一个长长的嘴。虽说可以将茶倒到碗里喝，但当时大多数是直接捧着茶壶喝。茶壶两边带着小耳朵，穿上铁丝，可以拎，也可以挂在扁担的一头，挑到田头。如今这样的茶壶在农村也很少能见到了。

在诸暨农村，消饭花茶是重要的解暑饮品。1993 年出版的《诸暨县志·风俗篇》中对此有载：“夏日劳作时，乡民常在茶水中

刘寄奴草

《本草图谱·卷之十四》

泡入一种叫‘消饭花’的野生植物花，称‘消饭花茶’，有解暑消食功能。”诸暨乡间，现在仍有暑天喝消饭花茶的习俗。

暑期，陪外地朋友去斯宅“千柱屋”，大宅门前，便有晒干的消饭花在出售，扎成一把一把的。边上还有泡好的消饭花茶，一大缸，茶水很清，可以看到几枝纤细的消饭花斜斜地卧在缸底，细密的花蕾在水中开放了。茶水是免费供游客饮用的，边上放着几只青瓷海碗，可以自己舀着喝。外地的朋友觉得好喝，一连喝了好几碗，临走前，还买了好几把晒干的消饭花，要回去泡着喝。

消饭花还有个名字叫刘寄奴。《绍兴市志》之“生活习俗”篇有载：“夏日，乡民常于茶水中泡入‘消饭花’（即刘寄奴），称‘消饭花茶’，用以解暑。”

胡兰成在《今生今世》的《暑夜》一节中也说到了刘寄奴。夏日的夜晚，月色明亮，村妇们便集中在屋前檐下，“剪麦茎，板桌上放着一只大钵，泡的刘寄奴茶，谁走来就舀一碗吃……”胡兰成老家在嵊州胡村，村妇剪下的麦茎，应该是用来编织麦草扇的。

刘寄奴是一味中草药，《本草图经》《本草纲目》等古医籍中有详尽介绍。

诸暨的李

诸暨自古就是产李区，且品种不少。史籍中记载的就有黄蜡李、夫人李、紫末李、井亭李、红皮李、花红李、京李、红心李等。其中以井亭李最负盛名，历史也颇悠久。南宋嘉泰《会稽志》中便有记载："诸暨有井亭李。"井亭李是李中上品。王祯在《农书》有载，井亭李"紫色，极肥大，味甘如蜜，南方之李，此实为最"。

清朝诸暨诗人郭凤沼有《青梅词》传世，专述前朝历代的诸暨风物，颇有影响，其中一首写到了井亭李：

> 蒸栗如拳玉色温，井亭青李亦无伦。
> 香山竹浦多鱼蟹，菱角鸡头聚陡门。

随着岁月更替，或许是因为气象、水土的变迁，清代以后，井亭李渐渐退出了人们的视线，取而代之的是红心李。清宣统《诸暨县志》载："邑产黄蜡李、夫人李、紫末李、红心李最多。"《诸暨民报五周年纪念册》在"风物篇"中更有明确记述："紫末李、黄蜡李、红皮李、花红李、京李、红心李诸种，以红心李最佳，黄蜡李最劣。"诸暨红心李当时主要分布在邱村、马村一带。

红心李圆形稍扁，绿色薄皮，其最典型的特点是果肉近核部分呈紫红或浅红色，

而且核小，肉质肥厚，水分充足，鲜甜而略带淡淡的酸味，清脆爽口，营养丰富。早在 20 世纪 30 年代，诸暨红心李的产量已相当可观，畅销全国各地。据记载："民国 21 年（1932），产李 6 万担……红心李种苗销往省内及江西、福建、湖南、湖北等地。"诸暨红心李的优点还有不少。一是它结果早，种后三年便可收获，四年进入盛果期。二是它盛果期长，可长达 30 余年之久。三是它产量高，一般亩产在 1500 公斤到 2500 千克，单果平均重量 40 克左右，大的可达 60 克。

红心李株植占地面积小，可种植于田塍上，被称为"借天不借地"。我的老家草塔一带，当年也曾在田塍上栽植红心李，株植生长快，枝叶丰茂，成熟的果子常常会掉进水田。夏天下田耕作，休息时，可坐在李树下纳凉。

据介绍，闻名遐迩的舟山金塘李，便是 100 多年前由诸暨红心李引种而成。20 世纪 60 年代，因为经济作物少，诸暨大量种植红心李，将田塍、丘陵、低坡等辟为李园，其中越山、安华、同山尤多。诸暨红心李进入了快速发展期，产量及种植面积均创新高，大量销到海外，名声更为远播。2001 年出版的《诸暨农业志》载："期间（20 世纪 60 年代），诸暨年产红心李 500 到 1000 吨。多远销东北、华北，被当地称为'新年第一果'。1962 年到 1972

年十年间，销至香港、澳门 2792.4 吨。部分加工产品销往东南亚各国。”到了 1977 年，诸暨红心李的产量和种植面积达到了最高水平。李园面积达 5000 亩，产量 7500 吨。

20 世纪 90 年代后，诸暨农科部门引进、培育了较红心李更为优质的黑李，红心李便渐渐被黑李所取代，淡出市场，

黑李，八月上旬成熟，果皮紫黑色，果肉金黄色，肉质较红心李更为肥厚，汁多而味甜。它果实硕大，平均单果在 100 克左右，大的果实可达 200 克以上，较红心李要大上好几倍。2001 年出版的《诸暨农业志》载：“1997 年，浙江省农作物品种认定委员会通过审定，发给《浙江省农作物品种认定书》，为诸暨黑李正式定名。”

牵牛花

牵牛花是夏花，民间有“秋赏菊，冬扶梅，春种海棠，夏养牵牛”一说。

牵牛花开得早，且勤劳。

早起晨练，要走过一个天井，天井用竹篱笆围着，上面攀附着满满的牵牛花。牵牛花枝蔓是纤细的，嫩绿，花朵开放，朝着阳光。天还没大亮，竟开得灿烂，于是，那时我总是要放慢脚步，张望一下勤劳的牵牛花。清人吴其濬《植物名实图考》说，牵牛花又叫“勤娘子”，将其比为一位勤劳的农妇，很相称。据说，在日本牵牛花也叫“朝颜”，字面而言，也有着早而勤劳的意思吧。

晨光中的牵牛花，格外看好。一些喜爱牵牛花的文人墨客，夏日便早起赏花。古诗文中，便留下不少吟咏牵牛花的诗句。

晚明诸暨画家陈洪绶（老莲），也是格外喜爱牵牛花。当年，他曾客寓杭州吴山，夏日，吴山长桥一带开满牵牛花，清早，自然也就留下了徜徉花前的身影。

清朝词人徐逢吉在笔记《清波小志》中，记述了老莲当年在吴山赏花的情状，是这样写的："长桥湖湾，牵牛花最多，当季夏早秋间，湿草盈盈，颇饶幽趣。老莲在杭极爱此花，每日必破晓出郭，徐步长桥，吟玩篱落间，至日出久乃返。"清诗人朱彭在《吴山遗事诗》一首中也有吟咏，写

得盎然：

老莲放旷好清游，卖画曾居西爽楼。
晓步长桥不归去，翠花篱落看牵牛。

读陈洪绶《宝纶堂集》，卷四有《牵牛》一首，直接入题，诗句如下：

秋来晓清凉，酣睡不能起。
为看牵牛花，摄衣行露水。
但恐日光出，憔悴便不美。
观花一小事，顾乃及时尔。

卷六也有《清波门看牵牛花》一首：

醒酒河山晓，牵牛开钓矶。
香色少焉歇，那肯便轻归。

诗中写的是画家晓起看牵牛花的情状。也说明看牵牛花要早，太阳出来，花朵便要失去鲜艳，显得“憔悴”。为了观花，竟放弃了清晨的“酣睡”。可见画家对牵牛花是喜爱的，不但入诗，还入画吧。

藤蔓沿着篱笆很勤勉地攀援着，晨光中，有新的枝藤在蔓延着，有些蜿蜒。新长出的花蕾待在枝蔓间，含苞欲放。被牵牛花缠绕着的篱笆是有生命力的。

梅兰芳喜欢牵牛花，宅中植有不同品种的牵牛花上百种，齐白石在回忆录中有这样的记述：“他（梅兰芳）家里种了不少花木，光是牵牛花就有百来种样式，有的开着碗般大的花朵，真是见所未见，从此我也画上了此花……”梅氏培育的牵牛花引起京城人文圈子的艳羡，并以获得梅氏牵牛花种子为幸事，此风，历久而不衰。

叶圣陶也喜爱牵牛花，亲手栽培。晓起观花，“早上才起，不觉总要在那里小立一会儿。”他观察相当细致，写入了《牵牛花》一文中，有这样的记述：“那藤蔓缠着麻线卷上去，嫩绿的头看似静止的，并不动弹；实际却无时不回旋向上，在先朝这边，停一歇再看，它便朝那边了。前一晚只是绿豆般大一粒嫩头，早起看时，便已透出二三寸长的新条，缀一两张长满细白绒毛的小叶子，叶柄处是仅能辨认形状的小花蕾，而末梢又有了绿豆般大一粒嫩头。”

叶圣陶、俞平伯暮年，都喜欢莳花弄草，在彼此往还的大量书信中，时常可以看到叙说牵牛花的文字，平实而充满意趣，而两位老人的情怀，从中似乎也得以释放。

牵牛花还是一味中药。有明代诗人吴宽作诗为证：

本草载药品，草部见牵牛。
熏风篱落间，蔓出甚绸缪。

民间传说，牵牛一名与其药用价值有关。说病人为求此药，就牵着牛找到医家，以牛易药。牵牛花因之得名。古时，牵牛花或许是名贵珍稀的，不过，用牛易之，还是觉得是个美好的传说而已。

莼菜与故乡

莼菜是江南的一种水生植物，看上去很秀气。日本冈元凤在《毛诗品物图考》中用一管素笔演绎了莼菜的风神。滑而圆的叶片漂浮在水面，根细而茎长、弯曲，被水荡漾着，有一种婀娜的风姿和阴性的柔美。

莼菜还总是与故乡联系在一起。被传为佳话的“莼鲈之思”，是思念故乡的代名词，典出《晋书·张翰传》：“翰因见秋风起，乃思吴中菰菜、莼羹、鲈鱼脍，曰：‘人生贵得适志，何能羁宦数千里以要名爵乎？’遂命驾而归。”秋风里，一时想起了故乡的莼菜，还有鲈鱼，竟连官也不要做了。

莼菜确是古人喜欢的一道江南名菜。李渔在《闲情偶寄》里有《莼》专篇，写道：“陆之蕈，水之莼，皆清虚物也……和以蟹之黄、鱼之肋，名曰‘四美羹’。座客食而甘之曰：‘今而后无下箸处矣。’”感觉还是有些文人的夸张之词。

杭州是莼菜的胜地。写过《遵生八笺》《玉簪记》的高濂，还有一本《四时幽赏录》，写的都是杭州的风物，自然会写到生长在西湖中央的莼菜，写得淡定：“初夏思莼，每每往彼采食。今西湖三塔基旁，莼生既多且美。”

莼菜生长繁殖速度快，一次采摘后，三二天便又可以采摘了。从春天一直要到晚秋霜落，在杭州的菜馆里都可以点到莼菜做的汤或羹。对此，《西湖快览》一书中有这样的记述：“莼产西湖。自春徂夏，取之不竭。今湖上各酒家，皆有制汤供饮，值亦不昂。”

苏东坡在杭州做官，爱上了莼菜，去职离杭后，还在诗句中时常忆起杭州的莼菜，留下了这样的诗句：“若问三吴胜事，不唯千里莼羹。”同在杭州做过官的白居易也有这样的诗句：“犹有鲈鱼莼菜兴，来春或拟往江东。”看上去似有附庸风雅的味道。

莼菜的故乡也很有意趣。

草塔古镇，位诸暨城北十余公里处，有千余年的历史，古时或也盛产莼菜，古镇时称莼塘，直接与莼有关。据光绪《诸暨县志》载：五泄溪“东流经草塔后新屋，村在溪南，南有莼塘，方广数亩，塘产莼，故名”。因是盛产莼菜而得名莼塘。

莼

《本草图谱·卷之三十四》

据《莼塘赵氏宗谱》载：“五泄之水东流三十里，曰莼塘，地不下五千亩，赵氏聚族于斯，烟居千余户……”祖先定居莼塘之侧，是否也是看中了塘中可食之莼？

“莼塘”还是可以让人产生美好想象的词语，“方广数亩”的水面上漂浮着莼叶，水波荡漾，随波逐流，阳光普照下，莼叶上的晶莹水珠闪动着光芒，有村姑在池塘中采摘莼叶，一派好风景。

“方广数亩”的美丽莼塘是很古老的场景了，已被历史的风尘吹去，只是距草塔镇北不及二公里处，仍有一处叫“莼塘地塔”的，也是旱地而没有池塘，更不要说是有生长着莼菜的池塘了。少时，记忆之中“莼塘地塔”便是长满了苎麻，或者也有数十亩之广。

旧时，在“莼塘地塔”一侧尚有一座寺庵，名“莼塘庵”，民间传说是一座尼姑庵，也早已被拆去，代之的是崭新的建筑。

据《草塔镇志》载，草塔镇的沿革中，莼塘、草塔易名曾往复数次。说实在的，这两个地名都很有意味，既有地域历史的味道，又都有植物气息，还有着广阔的想象空间。不过，内心更喜欢莼塘一名。

溲疏是一枝花

一般的植物名，总是有由头的，或是形状，或是产地，或是色泽，或是味道，说出来有些道理。溲疏作为植物名，显得很特别，这两个汉字组合也颇为奇怪。

溲疏的别名不少。李时珍《本草纲目》以为，“巨骨”是溲疏的别名，从名字字意上似乎还是找不出植物自身的丝毫影子。

溲疏还有两个别名，一个叫“空疏”，一个叫“空木”，听上去有一种空灵的禅意。溲疏茎呈中空状，疏通着的管状，也算与植物形状搭上了界。不过，溲疏、空疏到底是不是同一种植物，历来说法不一。古医家苏恭在《唐本草》中说：“空疏即杨栌，其子为荚，不似溲疏。”李时珍也以为溲疏与空疏为不同的两种植物，从苏恭说。

溲疏属灌木，野生的溲疏喜欢生长在山谷或者背阴的岩缝、丘陵的植物丛中。它喜欢温暖湿润的气候，生命力也强，耐阴，耐寒，也耐旱。

因为易栽，好看，溲疏便被引入了庭园。南方农家也将野生的溲疏移植于菜园子四周，开花时节，溲疏爬满了菜园子的篱笆，繁花锦簇。从早春到初夏，篱笆成了花篱，多么的好。

菜园子里种着蔬菜，农人直起腰，看到溲疏开得雅致，心情便也放开了。没有在农村生活过，不会有这样的感受。

溲疏一般开的是白花，也有开粉红色花的，花瓣细碎，花苞长得密集，可以开满细长的枝头，甚至整株。溲疏开花的花期比较长，可以从早春三月开到初夏六月。溲疏还喜欢成丛生长，成片成丛开放，不失淡雅，繁华，蔚为大观，很是招人。好事者将似开未开的溲疏花枝采摘回家，供入花瓶，花苞渐渐开放，花期长，清香盈室。花枝纤细，观赏性、装饰性都很强。

溲疏花谢落后，便结出美丽的果子，形状极似枸杞子，深红色。晚秋或初冬成熟。秋黄了的枝头上挂着深红色的果实，当是一景。

古典药籍《神农本草经》之别录专列有“溲疏”一条：“溲疏……一名空疏。皮白中空，时时有节。子似枸杞子，冬月熟，赤色，味甘苦。”此中，溲疏与空疏混为一谈，其实，溲疏的树叶以及树的形状也与枸杞更为相仿，二者区别在于是否长有树刺。宋代医学家在《开宝本草》中写道：“溲疏、枸杞虽则相似，然溲疏有刺，枸杞无刺，以此为别。”

溲疏的果实与枸杞一样，具有很高的药用价值。其根、叶、果均可药用，民间多用作退热药，亦主治妇科。《神农本草经》之“溲疏”条载：“味辛寒。主身皮肤中热，除邪气，止遗溺。可作浴汤。”《新修本草》载：“味辛、苦，寒、微寒，无毒。主身皮肤中热，除邪气，止遗溺，通利水道。除胃中热，下气。可作浴汤。一名巨骨。”李时珍在《本草纲目》“溲疏”条下说：“主治皮肤中热，除邪气，止遗溺，利水道。除胃中热，下气。可作浴汤。按孙真人《千金方》，治妇人下焦三十六疾。”

日本古典作家清少纳言喜欢花草，溲疏时常开放在她的笔底，别有风致。在《枕草子》第一零四有大段的描述，写得动人：是在五月的一天，天上还在下着细雨，清少纳言与宫中女官冒雨出宫郊游。郊外春花开放，尤其溲疏开得灿烂，在细雨中摇荡着，好看得很。宫中女官一时兴起，下车采摘溲疏，将溲疏的花枝插遍了整辆游车。“于是，大伙儿边采溲疏之盛开者，把花遍插在车帘子、车厢旁，到处都是长长的枝子，简直就像是把溲疏篱笆挂在游车上似的。”游车成了开满了溲疏花的花车，引来路人欣赏的目光。

一整个车成了花车，远远望过去，很像是一枝花，溲疏是一枝花……

关于朝颜

周作人译的《枕草子》，译得好，注释也好。尤其关于植物的注释，无疑是小品佳构。

《枕草子》第五十七“歌题”，写了不少植物，也有陌生的植物，其中便有“朝颜花”一种，读起来是颇为陌生的。周作人是这样下的注：“日本古时，桔梗、木槿及牵牛花，皆训作朝颜，但这里似专指木槿。《诗经》云：‘颜如舜华。’也是以木槿形容貌美，但并不含朝开暮落的意思。”据说，日语里把喇叭状的花叫颜。

《枕草子》第五十八“草花”，其中也写了不少植物，也写到了朝颜，与另一种叫夕颜的植物相对：“夕颜与朝颜相似，两者往往联系起来说，开的花很有趣味……”周作人对夕颜的注释是：“夕颜是与朝颜相对立的名称，乃是匏子的花。因为它开在傍晚，在苍茫暮色之中，显出白色的花朵，可以与早上开的朝颜相比。但本文中说它结实太大，那么所说的是瓢了，日本少匏而多瓢，取其实刨皮为长条，晒干为馔，称曰‘干瓢’。”多么隽永的一则植物小品。写的是朝颜，避不开的是夕颜。

林文月译《枕草子》之“草花”节“朝颜”注：“为舜华（俗称牵牛花、喇叭花），晨间开，过午即凋萎。”于雷译《枕草子》之“草花”节“朝颜花”注：“牵牛花是其中之一。”单从注释来讲，应该是周作人要高出许多。

关于朝颜，紫式部的《源氏物语》中也有提到，丰子恺的译本中这样描写：“秋天到了……有一日，朝雾弥漫，源氏公子被侍女催促起身，睡眼蒙眬……侍女中将一架的格子窗打开……源氏公子观赏着庭中彩色缤纷的花草，徘徊不忍遽去，这姿态真是美妙无比……便口占道：‘名花褪色终难弃，爱煞朝颜欲折难！’……侍女原也是善于吟咏的，便答道：‘朝零木晴便驾发，莫非心不在名花？’”美好的古典场景。一位男童，采了一朵朝颜花，献给源氏公子。只是丰氏对“朝颜”的注释，则显得有些简单。丰注：“朝颜即牵牛花，比喻侍女中将。”

日本的牵牛花是从中国引入的，据考，牵牛花引入日本时间是在明朝。紫式部《源氏物语》写于日本朝的平安时期。因此，《源氏物语》中的朝颜，应是桔梗或木槿。丰氏译注似有不少出入，周作人在看了丰译《源氏物语》后，以为是在“茶店说书”。

牵牛花引入日本后，“朝颜”则更多指的是牵牛花。

周作人译《枕草子》中第三十三，是“小白河的八讲”，其中写道：“樱花的凋谢，还只是世俗常用的譬喻罢了。古人说‘迨白露之未晞’，叹息朝颜花的荣华不长，若和他相比，更觉得惋惜无可譬喻了。”

周作人在《日本的诗歌》一文中，引了女俳人加贺千代女的俳句：“吊桶被朝颜花缠住了，只得去乞井水。”女俳人的句子，平静，又柔美，所以成为妇孺皆知的日本俗语。清晨起来去打井水，却见到牵牛花蔓延到吊桶上，牵牛花正在绽放，便不忍惊动把蔓折断，只好将桶放在那里，随牵牛花自由缠绕着，自己只好去向邻居讨水喝。

松尾芭蕉《闭关辞》最后：“朝颜花呀，白昼还是下锁的门的围墙。”周作人《风雨谈》一集有《老年》一文，对此有述：“……今称俳句，意云早晨看初开的牵牛花或者出来一走，平时便总是关着门罢了。”陈德文译《松尾芭蕉散文》，2008年人民文学出版社出版。第一百一十三则“闭关之说”，将此诗译成了十个字：“墙边牵牛花，白昼锁庵门。”将朝颜直接译成了牵牛花，太直白了点，虽也不为过。

桔梗

《本草图谱·卷之五》

再繁华的门庭也有闭门谢客的一天，唯有平静可以保持长久，在该开的时候开，该谢的时候谢，没有怨恨也没有失落，更没有惊宠，像牵牛花那样，静静地蔓延，但却是快活在延伸……

郭沫若在自传小说《行路难》中，对朝颜有描述：“寺旁有座小小的别墅风的人家，四周的篱栅上盘络着无数的朝颜。”

水蓼

喜欢看植物图谱，翻到“水蓼”一页，眼前一亮，便想起了老家沟畔溪边那成片成丛的水蓼。

或许是咬嚼起来满嘴辛辣的缘故，水蓼在老家叫辣椒草。只要有水的地方，就能看到在风中摇曳着的水蓼。

少年时，假日里，常常去溪中玩水。水中多水蓼，有红梗与白梗二种，从辛辣味而言，红梗水蓼远要比白梗水蓼辛辣得多。少年们常会折断红梗水蓼去偷袭小伙伴的嘴，看到小伙伴双手捂嘴，直吸冷气，便会哈哈笑着四散跑掉。

还记得那时用红梗水蓼诱鱼的场景。说是死水里的鱼怕辣，遇辣便会浮出水。我们便采集了大把的红梗水蓼，用石块舂捣，将汁液连同捣碎的水蓼枝叶倒入水中。很偶然会有几条小鱼跳出水面，又很快地钻入水中，我们只好长久地盯着水面，随手擦擦眼睛，眼睛便被刺激得涌出泪来。然而少年的我们乐此不疲，图的是那种乐趣，鱼常常是看不到的。

古时水蓼其实是一剂调味品，古代中国食品中的辣味最早便是依靠水蓼调就的。《礼记·内则》便有关于水蓼调味的记载：“和糁不蓼。濡豚，包苦实蓼；濡鸡，醢酱实蓼；濡鱼，卵酱实蓼；濡鳖，醢酱实蓼。”大致意为和米饭时用不着水蓼，蒸煮鱼、豚、鸡、鳖时，要将水蓼塞入其腹膛内。

唐朝的《药性论》中也有水蓼调味的说法：“蓼叶与大麦面相宜。”李时珍在《本草纲目》“水蓼”条中对此也有说法：“生于浅水中，故名水蓼。……今造酒取叶，以水浸汁，和面作曲，亦取其辛耳。”看来古人也是喜食辛辣的。现在人们在蒸煮鸡、鱼时也有将葱、花椒、姜、辣椒等调味品塞入腹膛的，岁月逝去了数千年，传统就这样流传了下来。

秋风吹过，水蓼便开花了，开得烂漫，《广群芳谱》中写到水蓼“身高余丈，节生如竹，秋间烂漫可爱”。

水蓼花期较长，特别到了晚秋或初冬，花却最旺，尤其红梗水蓼，开花也呈现红色，一穗一穗地垂挂着，成丛成片，绿叶红花，再与白苇共生，更是秋水中一景。古代小说中在描写到水边的秋色时，往往有这样的开头：“红蓼滩头……”然而这种场景出现的时候，终究是晚秋，万物萧瑟，风中的水蓼，也显出孤寂的样子，在文人笔下更增添有一种伤感的落寞情绪。

南唐李煜曾以水蓼隐喻内心的悲伤与痛苦，题《秋莺》一首：

残莺何事不知秋，横过幽林尚独游。
老舌百般倾耳听，深黄一点入烟流。
栖迟背世同悲鲁，浏亮如笙碎在缑。
莫更留连好归去，露华凄冷蓼花愁。

宋朝范成大写过《道见蓼花》一诗，全诗如下：

秋风袅袅露华鲜，去岁如今刺钓船。
歙县门西见红蓼，此身曾在白鸥前。

《红楼梦》第三十八回写贾母领着众女眷在藕香榭赏花饮酒吃螃蟹。宝玉和群芳分题作咏菊诗，宝钗作了一首《忆菊》，以水蓼抒发自己的情绪：

怅望西风抱闷思，蓼红苇白断肠时。
空篱旧圃秋无迹，瘦月清霜梦有知。
念念心随归雁远，寥寥坐听晚砧痴。
谁怜我为黄花病，慰语重阳会有期。

《红楼梦》第七十九回，写到贾迎春出嫁前，宝玉心中不免郁闷，便常常独自一人去紫菱洲畔闲走，是在晚秋，看到眼前红蓼白苇，想到姐妹们一个个离家散去，禁不住悲从中来，吟成《紫菱洲歌》一曲：

池塘一夜秋风冷，吹散芰荷红玉影。
蓼花菱叶不胜愁，重露繁霜压纤梗。
不闻永昼敲棋声，燕泥点点污棋枰。
古人惜别怜朋友，况我今当手足情！

女萝与菟丝

读《诗经》离不开毛亨、毛苌。二毛是叔侄关系，毛亨是叔，毛苌为侄，西汉人。叔侄专事《诗经》，名望很大，成就了《毛诗正义》。“毛诗”也成了最流行的《诗经》版本。

看《诗经》，读古老的植物。

翻到《小雅·頍弁》，有句“茑与女萝，施于松柏”。很美的诗句，写两种植物攀附在松柏上的缠绵样子。从字面看，似乎已经清楚了，茑与女萝为异物。据本草学家言，茑是落叶小乔木，茎攀援树上，更多攀附于松柏，倒是与女萝相仿佛。毛注：“女萝，菟丝，松萝也。”又牵出了菟丝，原来三者为一体。华佗弟子吴普写了一本《吴普本草》，也沿袭了毛说：“菟丝，一名松萝。”还有朱熹的《集传》：“女萝，菟丝也，蔓连草上，黄赤如金。”

其实，女萝与松萝倒是同类，松萝是女萝的别名。古本《广雅》中言，女萝即松萝。南北朝药物学家陶弘景，其《本草经集注》中有“女萝”条，记女萝“东山甚多。生杂树上，而以松上者为真。《诗》云：‘茑与女萝，施与松上。’茑是寄生，以桑上者为真，不用松上者，互有异同尔”。茑是桑上寄生，松萝是松上寄生。药物学家言，以攀附物作为鉴别之本。茑与女萝本是不同的植物。

三国陆玑，专事《诗经》动植物注疏，留下了《毛诗草木鸟兽虫鱼疏》，对古今异名者，考证甚详。书中对菟丝与松萝是这样解释的：“菟丝蔓生草上，黄赤如金，非松萝也。松萝蔓延松上，生枝正青，与菟丝殊异。”这是从攀附物与色泽上进行了区别。

陆游的祖父陆佃在《埤雅》中也对女萝与菟丝两物进行了辨析：“在木为女萝，在草为菟丝……女萝浮蔓，尚得施于松柏。”

李时珍在考据并总结了前人的学说后，得出结论：“女萝之为松上蔓，当以两陆、罗氏之说为的。其曰菟丝者，误矣。”

清朝学者徐鼎在《毛诗名物图说》“女萝”条中说得更是明了：“此是松萝，非菟丝也。”日本冈元凤在《毛诗品物图考》中也有类似的说法，以为女萝与菟丝实非一物，“《毛诗》既失，朱说亦错，遂致混淆”。两物相混，实乃毛氏叔侄和朱熹所致。《诗经》专家程俊英倒还认为女萝、菟丝、松萝为一物，说：“女萝亦名菟丝、松萝。也是攀援植物，附生在大树上。”其实，今植物学者对此进行了学科上的辨析与分类，女萝、松萝，为孢子植物地衣门松萝科呈树枝状的植物体，悬垂在高山针叶林枝梢。而菟丝为旋花科植物，故不相类。不过女萝与菟丝同是很美的蔓生植物。

李白从女萝、菟丝与松柏的缠绵样子中，看到了植物的浪漫情怀。李白有一首《古意》，写的便是女萝与菟丝，诗曰：

君为女萝草，妾作菟丝花。
轻条不自引，为逐春风斜。
百丈托远松，缠绵成一家。
谁言会面易，各在青山崖。
女萝发馨香，菟丝断人肠。
枝枝相纠结，叶叶竞飘扬。
生子不知根，因谁共芬芳。
中巢双翡翠，上宿紫鸳鸯。
若识二草心，海潮亦可量。

诗人赋予了女萝、菟丝人类的情境，而《诗经》中有许多植物，都与女萝、菟丝一样，在千年后仍散发出浓厚的情感气息。

葵是很古老的蔬菜

先秦时代，葵已是百姓人家餐桌上的家常菜了，每到七月，便会煮葵、煮豆。《诗经》中有“七月亨葵及菽”的诗句，看来，葵和豆一样都是七月的主菜。

最早的医学典籍《黄帝内经·素问》中谈到了五谷、五畜、五菜等，其中五菜即葵、韭、藿、薤、葱。葵位五菜之首。许慎在《说文解字》中说“葵，菜也”，干脆得很，东汉时代葵无别解。那时，种葵便是百姓寻常的农艺。到了北魏，有一个叫贾思勰的人写了一本关于农艺的书，即《齐民要术》，其中专门写了一章“种葵”，并列在蔬菜类的首篇，可见葵在当时蔬菜中的位置。贾思勰在书中很详细地总结了百姓种植葵菜的一些经验。下种的葵子便很有讲究，种子保持干燥尤其重要，书中是这样写的：“临种时，必燥曝葵子。葵子虽经岁不浥，然湿种者，疥而不肥也。”采葵叶也要掌握分寸。每采一次便要松土、浇水一回，采过三次便要拔掉再植，一年之中可植三季。秋葵采叶，须要留着主茎上部的五六片叶子，这样可以使葵丛壮大。秋天采葵时，要待露水退尽后，古时民间流传着这样一句农谚：“露湿不掐葵，日中不剪韭。”《齐民要术》中写道：“掐秋叶，必留五六叶……凡掐，必待露解。”古诗云：“采葵莫伤根，伤根葵不生。结交莫羞贫，羞贫友不成。”

葵是百姓餐桌上常年的普通下饭，味道鲜美，很受百姓青睐。白居易直接以“烹葵”为名入诗，抒发对葵的喜爱：

昨卧不夕食，今起乃朝饥。
贫厨何所有，炊稻烹秋葵。
红粒香复软，绿英滑且肥。
饥来止于饱，饱后复何思……

宋代医家苏颂在《本草图经》中也说：“葵处处有之，苗叶作菜茹，更甘美。”宋张埴在《寄题西昌严后山三教堂》一诗中

《菖蒲蜀葵图》　吴昌硕

写道："苍头卓午汗交面，烹葵菹韭炊香粳。"宋范仲淹在《眉寿堂劝农》诗中吟咏："烹葵剥枣古年丰，莫管时殊俗自同。"元代王祯《农书》说："葵为百菜之主，备四时之馔，本丰而耐旱，味甘而无毒。"

随着蔬菜种类的不断增多，到了明朝，百姓种葵较从前要少了许多。李时珍在《本草纲目》中是这样写的："葵菜，古人种为常食，今人种者颇鲜……"曾经的"百菜之主"被列入了"草部"。明代的学者王世懋也说："古人食菜必曰葵，今乃竟无称葵，不知何菜当之。"

今天，吃葵菜的人少了，"百菜之主"的葵就沦为了野草。看到有人戏说："野草，吃的人多了，就成了野菜。野菜吃的少了，就成了野草。"

明太祖朱元璋的第五个儿子朱橚贵为周王，衣食无忧，却怀有一颗济贫救灾之心，心忧荒年百姓的疗饥问题，写了流芳千古的《救荒本草》一书，葵被列入救荒野菜之一种。葵的救饥食法："采叶，炸熟，水浸淘净，油盐调食。"完全是一种野菜食法。

在时间的演进中，葵由"百菜之主"沦为野菜，是植物的沧桑，亦是人间沧桑。

菊花是深秋的一盏灯

陶渊明在南山脚下采菊，是秋天深处的一个黄昏。地方僻静，远离车马喧嚣，有鸟儿在天空中飞过，采菊时的心绪宁静悠然。“采菊东篱下，悠然见南山”，繁华的菊花围着一排篱笆，篱笆跟前应该还有一条泥土小路，蜿蜒着向南方延伸，花瓣缤纷，把菊花的气息带向南山。此后的一千多年，菊花便常常依着篱笆，篱笆似乎也有了植物的气息，洋溢着生命。还有悠然的南山，成就了一幅经典的菊花开放的场景。

已是夕阳西照，这样一幅采菊的场景在深秋的黄昏中是明亮的，像是一盏灯照着田园，田园恬淡、幽静。田晓菲曾在她的书中写道：“采菊之际，诗人抬头凝视远处的南山，这一姿态不仅已经成为陶渊明的标志，而且后代读者往往把篱畔的菊花看成是诗人高尚节操的象征。其实，正是因为和陶渊明联系在一起，菊花才获得了这样的象征意义。”

陶渊明把菊写尽了，菊花的明亮诗性，隐含在秋天深处，诗人因此也成为人间花神。

曹雪芹通过大观园中的人物，把菊花移植到了雪浪笺上。《红楼梦》第三十七回后半部，将菊花入诗，为避俗套，宝钗与湘云虚实相间，拟出了十二个题目，有“忆菊”“访菊”“种菊”“对菊”“供菊”“咏菊”“画菊”“问菊”“簪菊”“菊影”“菊梦”“残菊”，像是十二朵菊花，静静地开放着。按书中的说法：“如此又是咏菊，又是赋事，前人也没作过，也不能落套。赋景咏物两关着，又新鲜，又大方。”第三十八回，大家饮酒吃蟹以后，诗方出来。黛玉的“咏菊”誊录在一张雪浪笺上，像是菊花一样开放着，拔得了诗社菊花诗的头筹：

无赖诗魔昏晓侵，绕篱欹石自沉音。

毫端蕴秀临霜写，口齿噙香对月吟。

菊

《本草图谱·卷之十三》

满纸自怜题素怨，片言谁解诉秋心。

一从陶令平章后，千古高风说到今。

虽然有“前人也没作过”一说在先，然而菊花入诗依然不免沿袭陶渊明的套路，可谓是“千古高风说到今”。不过，《红楼梦》中的菊花诗，还是给秋天的大观园带来了纷繁的生气。

深秋时节，冬日将至，田野已显浅霜一片，萧瑟落寞的样子，百花中的九十九种已随风而逝，菊花却是临风而立，它是第一百种，开放在秋天的深处。元稹有诗句“不是花中偏爱菊，此花开尽更无花”，秋天深处的菊花，像是一盏灯，照亮萧瑟落寞的田园。

黄巢的一首菊花诗：“待到秋来九月八，我花开后百花杀。冲天香阵透长安，满城尽带黄金甲。”菊花散发出阵阵浓郁香气，直冲云天，充盈着整座长安城。菊花盛开的长安城，有想照亮天下的味道。黄巢把深秋的菊花写得有点惊心动魄，与陶令有别一番味道。

离陶渊明写菊花诗已经过去了一千多年，诗人写菊还是没有离开篱畔。一位诗人朋友前几天写了一首菊花诗，其中有句：

我写下菊，在她的身后

再写下一排篱笆
以及铺满落叶的一个花园
我不能
让她的目光爬上远处的屋顶
屋顶，有冷冷的瓦上霜
不能让一朵菊花
以逼近冷的方式
仰望自己的骄傲
菊花，是我送给
秋天的一盏灯
照亮
门前弯曲的小路
小路上
一群蚂蚁正在搬家。

虽然还是篱畔的菊花，不过把这一盏灯给点明了，这可是千余年来一直隐含在秋天深处的一个意象，是诗人的一手妙着。

两株桂花

两株桂花生长在张老太家的园子里，一株在东面，一株在西面，长在东边的一株是金桂，长在西边的一株是银桂。

那年我在东海之滨的一个海岛服役，所在的连队驻在海岛最西边的一隅，营房与一个渔村紧贴在一起。营房后面是座不高的山，渔民的居所参差地散落在山脚至山腰。很美丽的渔村，特别是到了黄昏时，袅袅炊烟与青山黛色浑然一体，互相浸润融合，站在营房的操场看炊烟与青山，一幅和谐的自然山水，素面朝天。

张老太的家坐落在山腰，是独立的一个小院，平房三间，房前的院子有百余平方米的样子，用石块围起，一株金桂、一株银桂长在院子的两端，小院被山腰茂密的植物簇拥着。张老太孤身一人，已年过七旬，清瘦，喜欢穿素色的衣服，人收拾得很干净，院子也收拾得很干净。

当时我们连队团支部的活动安排得很丰富，周末团员搞活动，就去帮村子里的孤寡老人做点事，比如挑水、搞搞卫生等等。张老太的院落很干净，院门总是关着的。院子里桂花树下有三畦蔬菜，青菜、萝卜还有土豆和南瓜，我们就帮着施点肥，浇点水。

我们上门，张老太显得很开心，总会早早地泡好茶，在桂花树下放张小方桌，有时还会放上一碟刚刚出锅的南瓜子。她

喜欢吃豆制品，我们会顺便带一点连队自己做的豆腐、豆腐干、油豆腐之类。桂花飘香的日子，小院被浓郁的香味笼罩着。

张老太老家在北方的一个城市，丈夫当年是国民党部队的一个校级军官，她随丈夫的部队移防驻扎来到了海岛。20 世纪 50 年代初的一个春天，她的丈夫随部队离开海岛，去了台湾，当时说过些日子会回来的，张老太便留在了海岛，守着这个小院子。她从没离开过海岛，一直在等着丈夫回来。

张老太说，院子里的两株桂花树是丈夫离开海岛前栽下的，两株桂花长得根深叶茂，树干已有碗口那般大，金桂开的是橘黄色的花，银桂开的是淡黄色接近素色的花。金桂的叶有些椭圆，银桂的叶要狭长点，比较起来，金桂香味要浓烈一些，银桂便显得淡雅一些。桂花年年都开得很旺，那些日子里，她就会坐在桂花树下，一坐就是大半天。

春天的时候，我们就帮张老太给桂花树上肥，在树根边上刨开一个不大不小的坑，在坑里埋下猪粪或猪下水，猪粪是我们从连队的猪圈里挑来的，连队杀猪，我们会把下水挑来倒在桂花树下。有一次连队死了小猪，听人说，死去的动物做植物的基肥最好不过了，我们便埋在了桂花树下。来年开春，桂花的枝叶看上去特别地茂密，叶片明显泛乌油亮，且变阔变厚，花也开得比以往更旺。

张老太特别爱惜桂花，不允许采摘，满树的桂花，花汛汹涌，香味会溢出庭园，邻居们有时候会在院子外面停留一会，说，张老太家的桂花真香。

过了开花的旺期，张老太会在桂花树下铺上一些塑料纸，风吹过，老花便会像雨一样地落下来，落在塑料纸上，发出雨滴般的声响。张老太很小心地拣去杂物，将落花收集在一起，放在院子里风干了，再用糖腌在一个密封的坛子里，腌上一两个月，启封后，可以用来泡桂花茶，很清香的味道。张老太说，腌桂花放糖很有讲究，不能放得过多，不然会甜而发腻。腌桂花最佳的用途是过年时用来炒年糕，桂花炒年糕，张老太的拿手好戏，年头年尾去张老太家，张老太便会端出一大碗热气气腾腾的桂花炒年糕，放在桂花树下的小方桌上，给我们递上筷子，桂花的香味便在舌尖弥漫开来……

离开海岛有些年头了，每到桂花盛开的日子，便会想起张老太和她小院子里的那两株桂花，一株金桂，一株银桂。

八月剥枣

八月天，秋风起了，枣树上的叶子开始落了，一片一片地落到了地上。

举着长长的竹竿敲打着枣树的枝头，连同枣子一同落下的还有老去的叶片，叶片在秋风中飘荡而下，枣子落地的声音听上去有些像秋天急速的雨滴，让人想起《诗经》中的“八月剥枣，十月获稻”。八月的枣树，剩下了干净的树枝，在天空中伸展着。

看到晚秋的枣树，便会想到鲁迅先生的《秋夜》，先生故家后园的墙外有两株枣树，先生的描述很经典，也是八月的枣树：

在我的后园，可以看见墙外有两株树，一株是枣树，还有一株也是枣树……枣树，他简直落尽叶子，单剩干子，然而脱了当初满树是果实和叶子时候的弧形，欠伸得很舒服。但是，有几枝还低压着，护定他从打枣的竿梢所得的皮伤，而最直最长的几枝，却已默默地铁似的直刺着奇怪而高的天空，直刺着天空中圆满的月亮，使月亮窘得发白。

秋月是圆的，发着白光，杜甫在草堂前的那株枣树下，走来走去，双手反剪着，杜甫是瘦的，枣树也是瘦的，杜甫要离开草堂，搬迁新居了。诗人热爱草堂，住在草堂写诗，住了有四年时间，写下了二百多首诗，其中便有《茅屋为秋风所破歌》。杜甫离开草堂后，写过一首《又呈吴郎》，同样情深意切，全诗如下：

堂前扑枣任西邻，无食无儿一夫人。
不为困穷宁有此，只缘恐惧转需亲。
即防远亲虽多事，便插疏篱却甚真。
已诉征求贫到骨，正思戎马泪盈巾。

这是关于那株枣树的事情，八月的枣树，是可以济贫解困的，草堂西边住着一位“贫到骨”的寡妇，靠的是枣树上的枣子度日。杜甫离开草堂后，一位姓吴的亲戚住进了草堂，便给枣树扎起了篱笆，这便苦了寡妇。寡妇只好跑去向好邻居杜甫诉苦，杜甫听后，便写下了《又呈吴郎》这首。其实此时，杜甫自己也已经相当潦倒了，诗人伟大，苦难之身，照样满怀着怜弱惜贫的情怀。就像是草堂前八月的枣树，瘦是瘦些，还是让孤苦的西邻寡妇感到了依靠。

朱橚的《救荒本草》写到枣树，认为枣树叶子也是可以救荒的："采嫩叶，炸熟，水浸作成黄色，淘净，油盐调食；其枣红熟时，摘取食之；其结生硬未红时，煮食亦可。"身为皇子，想着百姓灾年救荒，不能不说是伟大的。

王安石写过一首《赋枣》，其中两句："在实为美果，论材又良木。"先说美果枣子。古书上的记载有时候会让人觉得有些夸大，《唐本草》是这样说的："凡枣，九月采，盰补中益气，久服神仙。"宋朝孙光宪在《北梦琐言》中也写道："河中永乐县出枣，世传得枣无核者，食可度世。里有苏氏女获而食之，不食五谷，年五十嫁，颜如处子。"还有一些民谚也说出了这样的一层意思，如"一天吃仨枣，胜过灵芝草"，"日食三个枣，一辈儿不显老"等，说的都是枣的好处。枣在人们心目中位置不轻，如同时拿着枣和栗，则须"右手执枣，左手执栗"。右为上。

再说枣木。良木必硬，民间有"四大硬"之说，说的是"生铁蛋，琉璃球，枣木楔子，檀木轴"。枣质硬，命亦硬。俗谚说

“枣树当年死不算死，柳树当年活不算活”。无心插柳柳还成荫，枣树比柳树的命要硬得多。

说到这里，便要说说单雄信的故事。单雄信是隋唐英雄，靠的是一杆金顶枣阳槊打天下，这杆枣木做的长矛，称为“寒骨白”，用的是他自己在学堂前栽植的枣树，单雄信十八岁时将其“伐为枪，长丈尺，拱围不合，刃重七十斤”。至此还不算奇，奇的是，单雄信死后，后人将“寒骨白”插在了单雄信的坟上，过了三年，它竟发了芽，而且茁壮成长，枣树的命硬是不硬？难怪明朝王象晋在《群芳谱》上引民谚云：“枣树三年不算死，亦有久而后生者。”

八月的枣树，干净的树枝，在天空中伸展着。八月的枣树，瘦是瘦些，还是给孤苦的人们有了依靠，这样便好。

花红

花红是一种水果。中外水果，这么可爱的果名，第二种怕也难找。

花红古称林檎。最早见载于西晋的《广志》："林檎似赤柰。一名黑檎，一名来禽。言味甘。熟则来禽也。"

书圣王羲之晚年性情淡泊，喜植桑果，且对种园艺颇有研究，得园圃之乐，其《来禽帖》中写的就是来禽，此帖四行，二十字。"青李、来禽、樱桃、日给藤子皆囊盛为佳。函封多不生。"意思是青李、来禽、樱桃、日给藤四种果树的种子，用囊盛装为好，封于函中送来，大多不能发芽。明万历《绍兴府志》载："林檎与李柰相似但差小，王右军帖中所谓来禽也。"北宋梅尧臣在一首题为《宣城宰郭仲文遗林檎》诗中写道：

右军好佳果，墨帖求林檎。

君今忽持赠，知有逸少心。

密枝传应远，朱颊映已深。
不愁炎暑剧，幸同玉浆斟。

林檎而为花红，也有段遥远的故事。故事发生在明嘉靖年间，安徽来安大户吴球，进京看望叔父吴棠，吴棠时任东台御史。吴球进京带的礼物便是生长于老家的林檎，当时，来安民间已经广栽林檎。吴棠觉得林檎甚佳，无论外形、色泽还是口感，便在第二天早朝时呈献给皇帝，时皇帝正遇到烦恼事，且胃口不佳，见吴棠所献果品，其色艳若红花，其味如桂花清香，龙颜大悦，脱口而出："花红也！"又因此果源于来安，便随封为"来安花红"，并诏令每年进贡。故事见载于《来安县志》。

诸暨也是花红胜地。明《诸暨县志》中："花红邑产。"清光绪《诸暨县志》有"花红"条，载："邑邱马所产甚佳，即林檎也，亦谓之来禽。"清代杭州人翟灏撰在《通俗编》中说："林檎，土人谓之花红。惟杭之土俗然也。"诸暨毗邻杭州，说花红主产于诸暨也不是没有可能的。诸暨花红，主产诸暨宜东、城西、五泄、草塔、外陈等乡镇。也都是在通往杭州的路上。

1933年出版的《浙江中国建设志》载："民国二十一年（1932），境内（诸暨）产花红8500担，占浙江省总产的78.6%。"2001年出版的《诸暨农业志》"花红"条载："50年代，种植面积300多亩，年产量100吨左右……"

花红无论是外形，还是色彩，都与生长在北方的苹果相类似，相比较，苹果的色彩要显得淡一些，花红则皮更薄一些，个也小，但也显得可爱，在诸暨乡间便有"小苹果"之称。

明代王象晋在《群芳谱》中说，花红"小而差圆，六七月熟，色淡红可爱"，七月间便可以看到花红上市。我倒觉得花红的色泽是鲜艳的，花一样的红，吃起来有点酸，夏日食之感觉特别爽口解渴。多年前吃过花红，至今舌尖上还似乎留有余味。

不过现在的诸暨，即使是花红的旺季，市面上也只能看到零星的几个小摊有售。有一段时间水果树被当作“尾巴”给割掉了，留下来的也是侥幸的寥寥几株，已远没有“花红邑产”那种气势了。

邻居有位乡下的老亲，园子里栽有几棵花红，每年花红熟了的时候，便会挑一些上好的，进城送来，邻居便会捧一捧花红过来让我们也尝个鲜。送来的花红，看上去个比市面上的要大一些，吃起来味道也甜，还可以在花红鲜艳的果皮上看到一些细花纹路，细看还像图案，邻居说这是绘上去的。当时，我理解不了邻居这种说法。直到读了明代周文华的《汝南圃史》后，才明白是怎么一回事。周文华是这样写的：“好事者，以枝头向阳未熟时，剪纸为花鸟，贴其上，待红熟乃去纸。则花纹璀璨，入盘甚可爱。”

我觉得，如此好事者，也可爱的。

昔日乌柏

乌柏只能作为印象留存在记忆中了。

即便是在农村也已经基本见不到乌柏树了，或许是两个缘故：一是田野山地被占领了，原本生长草木的地方，现在一下子长满了僵直的水泥森林；一是乌柏作为经济作物的价值已经大大弱化了，也可以说是基本不复存在了。乌柏最主要的用途是榨油，制作蜡烛用，如果不是遇到难得一次的停电，现在有谁还在使用蜡烛？即使是在最偏远的山村。

范寅在《越谚》中说："十月叶丹，即枫，其子可榨油，农皆植田边。"汪曰桢著《湖雅》卷八曰："中置烛心，外裹乌桕子油，又以紫草染蜡盖之，曰桕油烛。用棉花子油者曰青油烛，用牛羊油者曰荤油烛。湖俗祀神祭先必燃两炬，皆用红桕烛。婚嫁用之曰喜烛，缀蜡花者曰花烛，神寿所用曰寿烛，丧家则用绿烛或白烛，亦桕烛也。”

周作人在《两株树》中写到的其中一株便是乌桕：“但是近年来蜡烛恐怕已是倒了运，有洋人替我们造了电灯，其次也有洋蜡洋油，除了拿到妙峰山上去之外大约没有它的什么用处了。就是要用蜡烛，反正牛羊脂也凑合可以用得，神佛未必会得见怪——日本真宗的和尚不是都要娶妻吃肉了么？那么桕油并不再需要，田边水畔的红叶白实不久也将绝迹了罢。”

于是，只好在记忆和古籍中遥想红叶白实乌桕。

昔日乌桕有两种印象是会长久留存在记忆里的。

印象一种：深秋的江南山地、田野，寂寥苍茫，乌桕树叶随着干燥的秋风，渐渐由绿而棕而红，其籽累累垂于枝头叶间。记忆中的桕树长得高大，枝干有些张狂地指向天空，恣肆、独往独来的样子。深秋的阳光温软，有风吹过，枝杈纷乱，桕籽苍白，红叶飘落，扬扬洒洒，一幅沧桑、萧瑟的乌桕图景。吴伟业《圆圆曲》云：“传来消息满红乡，乌桕红经十度霜。”宋代林和靖诗：“巾子峰头乌桕树，微霜未落已先红。”

印象一种：进入初冬，乌桕叶落，采摘桕籽，采摘的方法是用一根长长的竹竿，竿头绑一割稻用的弯弯小镰刀，伸向乌桕枝头，瞄准籽间细枝用力一切，成串桕籽便被割落入地。那时，农村的经济作物极其有限，乌桕便是极其有限的经济作物中的一种。采摘桕籽时，人们会特别认真，采摘过后，枝头干净，枝头几乎见不到有遗漏的桕籽。而落地的桕籽，拣拾后会遗留下一些零星的单粒桕籽，散没在泥土中，偶尔也会有小串状的桕籽遗下。这些被称为“桕脚”。

拾“桕脚”是当年农村少年向往的一桩事情，放学或星期天，会三两结伴，提一只五升篮，来到已经采摘过的乌桕树下，黑土白籽，拣拾也不难，眼尖手快的，几棵树拣过，便会收获不小。当时，镇上供销社农产品采购商店收购乌桕籽，按质论价。总是要待到“桕脚”拾得差不多了，才挑个星期天，几个伙伴结伴拎着卖给采购商店。换来的一点零钱，从小喜欢买书，一套《十万个为什么》就是用拾乌桕的钱买下的。

向日葵

书房里，有一株长了近 400 年的向日葵。

这株向日葵原来长在杰明根主教的植物园里。杰明根主教是 16 世纪初的德国贵族，植物园位于阿尔卑斯山北部。植物园汇集了世界各地的珍稀花卉，是当时世上最大的植物园。当时，一位名叫巴塞利乌斯·百斯勒的画家，使用专门的植物图谱技法，按照植物本身的尺寸、色泽，精心绘下了植物园中的这株向日葵。史载，当时杰明根的植物园里，集中了世上最优秀的画家，描绘了园中千余种花卉品种。不可思议的是，这些图谱绘就后，“杰明根主教植物园”却神秘地消失了。这千余种与原物等大的图谱，流芳千秋，成了植物园曾经存在的见证，并代表着植物花卉图谱的最高水准，至今未被超越。

有一位朋友喜欢收集植物图谱，这张署名巴塞利乌斯·百斯勒绘制的向日葵，便是这位朋友送给我的。虽然是一张图片，却让我非常喜欢。图中是一株完全开放的向日葵，画面整个被黄色占领，是那种金黄，有些浓重。有四张叶片在花盘周围点缀着，花盘显得更黄，更加硕大，有二张叶片仅探出尖尖的小角，杰明根植物园里向日葵的比例就是这样的，没有夸张的痕迹，蕴含着宗教的意味。

我常常长时间盯着这株向日葵，它虽然与原物等大，仍然让人觉得精神层面超越了自然层面。后来，我便把这张向日葵送去了装裱店，装进了一个色泽有点暗的镜框里。木质镜框，挺拔、坚硬。放在电脑桌上，键盘敲得久了，抬起头，看看向日葵，便有温暖的阳光在我的书房里荡漾着。朋友说得好，向日葵是亮的。

凡·高曾经说过："我想画上半打的向日葵来装饰我的画室，让纯净的或调和的铬黄，在各种不同的背景上，在各种程度的蓝色底子上，从最淡的维罗内塞的蓝色到最高级的蓝色，闪闪发光；我要给这些画配上最精致的涂成橙黄色的画框，就像哥特式教堂里的彩绘玻璃一样。"当时凡·高居住在法国普罗旺斯一个名叫阿尔的地方，阿尔是个美丽的地方，他在阿尔专心地画画，画向日葵。阿尔夏日阳光下的向日葵，在凡·高的笔下燃烧，像是一团火焰，跳跃着，细看，似乎可以感觉到画家源自内心的虔诚情感。凡·高的向日葵像太阳一样象征着炽热与恒守的忠诚，这是人类

《向日葵》 凡·高

共同的向往。后来，在拍卖市场上，凡·高在阿尔画的一幅向日葵，拍出了 4000 万美元。

司马光写过一首诗，题目是《客中初夏》，诗中写到了向日葵：

四月清和雨乍晴，南山当户转分明。
更无柳絮因风起，惟有葵花向日倾。

诗人是引了《三国志》中关于曹子建的一典，曰：“若葵藿之倾叶，太阳虽不为之回光，然终向之者，诚也。”后来，杜甫也有“葵藿倾太阳，物性固莫夺”的诗句。说的都是一回事。

余光中也写过一首关于向日葵的诗，题目就叫《向日葵》，诗中引用了两则神话，一则是夸父追日，一则是希腊神话伊卡瑞斯奔日，将向日葵与神话中的人物连在了一起，写明了随太阳而走的精神，追的是“一个高悬的号召”：

你是挣不脱的夸父，
飞不起来的伊卡瑞斯，
每天一次的轮回，
从曙到暮，

扭不屈之颈，昂不垂之头，

去追一个高悬的号召。

《花镜》载：“向日葵，一名西番葵。高一二丈，叶大于蜀葵，尖狭多刻缺。六月开花，每干顶上只一花，黄瓣大心，其形如盘。随太阳回转，如日东升则花朝东，日中天则花直朝上，日西沉则花朝西。”

荸荠

周作人是个爱家乡的人，连风物也说是家乡的好。他在《甘蔗荸荠》一文中说：“甘蔗荸荠，水红菱黄菱肉，青梅黄梅，金橘岩橘，各色桃李杏柿……我至今不稀罕苹果与梨，但对于小时候所吃的粗水果还觉得有点留念……我却是最感觉有味，因为那是代表土产品的，有如杜园瓜菜，所谓土膏露气尚未全失，比起远路来的异果自有另外的一种好处。”

周作人说到的荸荠，是南方很普通的果蔬植物，有很长的栽培历史了，还有一个很雅的古名，叫“凫茈”。拆开来，从字面看，凫，水鸟，常群游湖泊中，能飞。茈，多年生草本植物。合起来应该是凫鸟喜食的植物。李时珍在《本草纲目》中说：“凫喜食之，故《尔雅》名凫茈。”

“凫茈”一说，最早出于《尔雅》，语言学家周祖谟在其《尔雅校笺》之“凫茈”条下是这样写的：“生下田，苗似龙须而细，根如指头，黑色可食。”根据形状、功用、色泽以及地域习惯的不同，荸荠还有别的一些叫名，如乌芋、地栗、地梨、马蹄等。

荸荠植于水田中，往往成片种植，茎直，中空有节，青葱可爱，看上去还有些柔软，有风吹过，一片葱绿翻卷成浪。李时珍在《本草纲目》中说：“凫茈生浅水田中。其苗三、四月出土，一茎直上，无枝叶……粗近葱、蒲，高二三尺。”

到了晚秋时节，荸荠便可以收获了，先要放完田中的水，晒一些天，使田土保持干燥，挖掘起来容易得多，荸荠也不会沾上太多的泥土。荸荠田失水后，其茎叶便倒伏着地了，整齐地倒向一边，看上去很像厚厚的绿地毯，那时放学回家的农村少年，常常背着书包，在柔软的荸荠田里翻跟斗、倒立拿大顶，还会成对成对地摔跤戏嬉。现在农村种植荸荠少了，学生放学也不能像从前那样纵情玩耍了。

大片收获荸荠要在进入冬季后。白霜过后，荸荠的茎叶便枯黄了，收获前，放火先把枯黄的茎叶烧掉，这也是冬日田野一景，整个田里一时浓烟四起，因茎叶厚薄有别，干湿不一，火苗四处乱窜，火熄灭后，一片焦土。荸荠便留在了焦土里，需要的时候随时挖掘。荸荠这样可以留存一个冬天，又可以保持鲜嫩。

荸荠的吃法很多，可生吃，也可煮熟剥皮吃，还能做菜，削皮后切片生炒加点腌过的雪里蕻，再是几片蒜叶，是上好冬令小炒。

周作人似乎也钟爱荸荠，他喜欢生吃，《关于荸荠》一文："荸荠自然最好是生吃，嫩的皮色黑中带红，漆器中有一种名叫荸荠红的颜色，正比得恰好。这种荸荠吃起来顶好，说它怎么甜并不见得，但自有特殊的质朴新鲜的味道，与浓厚的珍果正是别一路的。乡下有时也煮了吃，与竹叶和甘蔗的节同煮，给小孩吃了说可以清火，那汤甜美好吃……"我家里曾有一张八仙桌，漆得就是荸荠红。

荸荠确有清火作用。《本草纲目》载，荸荠"味甘、微寒，滑、无毒"，"主消渴痹热、温中益气，下丹石，消风毒，除胸中实热。可作粉食，明耳目，消黄疸，开胃下食……能解毒"。

还有一种野荸荠，生长旺盛，上年挖掘不尽，来年便续生，真是有点"野火烧不尽，春风吹又生"的意思。古时遇到荒年，便成了百姓的救荒上品。明朝王鸿《题野荸荠图》一诗，对此有真实写照：

野荸荠，生稻畦。

苦薅不尽心力疲，造物有意防民饥。

年来水患绝五谷，尔独结实何累累。

六谷

玉米也叫六谷。六谷这个称呼，似乎比玉米更有泥土气息。

六谷原产地在遥远的美洲，约在明代引入我国，别名繁多，有番麦、御麦、玉蜀黍、玉蜀秫、玉米、包谷、棒子、苞米、玉麦、珍珠米等。

据《中国农业百科全书》，国内关于玉蜀黍的文字最早见载于1511年刊印的《颍州志》，颍州位于安徽北部。明朝学者田艺蘅作于1573年的《留青日札》卷二十六中有关于御麦的记载："御麦出于西番，旧名番麦，以其曾经进御，故曰御麦。干叶类稷，花类稻穗。其苞如拳而长，其须如红绒，其粒如芡实大而莹白，花开于顶，实结于节，真异谷也。吾乡传得此种，多有种之者。"

李时珍在《本草纲目》中记载："玉蜀黍，种出西土，种者亦罕，其苗叶俱似蜀黍而肥矮，亦似薏苡。苗高三四尺，六、七月开花，成穗如秕麦状，苗心别出一苞，如棕鱼形，苞上出白须垂，垂久则苞拆子出，颗颗攒簇，子亦大如棕子，黄白色，可炸炒食之，炒拆白花，如炒拆糯谷之状。”徐光启在《农政全书》说：“别有一种玉米，或称玉麦，或称玉蜀秫，盖亦从他方得种。”清代刘灏在《广群芳谱》中也有记载：“玉蜀黍，一名玉高粱，一名戎菽，一名御麦，以其曾经进御，故名御麦。出西番，旧名番麦。”

因为土地及气候适宜，六谷引入后，迅速得到传播，很快成为我国北方和西南山区及其他旱谷地区的主要粮食之一。能迅速传播应是六谷本身的特点与价值所决定的。清代吴其濬在《植物名实图考》的“玉蜀黍”条中有载：“山农之粮，视其丰歉，酿酒磨粉，用均米麦；瓤煮以饲豕，秆干以供炊，无弃物。”《植物古汉名图考》中的“玉米”条中也写道：“果实可食，又是油脂、酿造等生产的原料，新鲜秆叶可作饲料，花柱及根、叶可入药。”

美国学者安德森在《中国食物》中写道：“玉米由葡萄牙人经澳门以及其他连接地于16世纪初引入中国……在中国大部分地方，玉米正在迅速取代高粱的地位。在中国，第三种最重要的谷物目前是玉米，但就在不久以前还是高粱。”

排在六谷前的另外二种谷物是稻和麦。早在孔子的时代，《论语·微子》中便有“四体不勤，五谷不分”之说。对五谷存两种解说：一说是黍、稷、麦、菽、稻；一说是黍、稷、麦、菽、麻。六谷的得名不知是否跟这样的排位有关。古人对五谷已经有了界定，玉米后来虽在谷物中排前三，但也只好排在五谷之后。

那年进入江汉，时值盛夏，一路高速，窗外田野风光如画，六谷整齐成阵，一片连成一片，扑入眼帘，有风吹过，便见绿浪逶迤，波涛汹涌的样子，很是壮观。吴其濬《植物名实图考》载：“川、陕、两湖凡山田皆种之，俗呼包谷。”湖北是六谷的主产地之一。

不但在江汉，六谷已经构成了乡土中国的基本景观。凡进入六谷生长季节，无论北方和南方，平原和山地，到处都可以看到它在风中招展的样子。

我更喜欢六谷成熟后的风姿。枝叶有些枯败，有些风干了，绿色也在风中褪去，渐渐变成了老黄。粗糙的六谷在风中体现着沧桑。

在这沧桑的日子里，人们又爱上了粗粮，也是可以反映社会的一些进程的。六谷是粗粮中的上品制作，于是它的保健作用将逐步取代疗饥功能。过去六谷更多是“酿酒磨粉”，现在人们更喜食嫩六谷。

随着需求的变化，六谷也出现了新品种，如甜六谷、糯六谷、乌六谷等更趋于保健的新品种。嫩六谷的食法很简单，直接放入清水里煮就可以了，连同六谷外面苞叶一起放入清水里煮，会更添嫩谷香。如放入锅中干蒸，则更为香醇。

六谷吃法还有很多。安德森在《中国食物》中写道：“玉米主要用于做大而厚的玉米饼，可以蒸熟或烤熟。玉米可以用来做面条，尽管玉米面的面筋含量不高，不能很好地粘合在一起。有时玉米也可以弄碎，与稻米掺杂在一起食用。”那是过去农村里一些传统的吃法。

现在饭店里六谷糊很时兴，成了常有的主食，吃多了高营养的菜肴后，来一碗这样的糊糊，不但能充饥，更能帮助消化，清洁肠胃。关于六谷糊，周作人在《窝窝头的历史》一文中有所记述：“北方杂粮以玉米为主，玉米粉称为棒子面，亦称杂和面。因为俗称玉米为棒子，故得此名……南方如浙东台州等处，老百姓也通常吃玉米面，却称作六谷糊。”还有六谷饼，如今也上了五星级酒店的餐桌。薄薄的六谷饼，烤出了六谷的本黄，咬起来脆而且香。

藤梨

看到一架藤梨，结着累累的果实。

晚秋的午后，星期天，晴方好，去郊外的山上闲走。看到有一株藤梨蓬勃地生长着，覆盖在巨大的岩石上，还朝着旁边的植物攀缘开去，样子有些恣肆，叶片绿色，略呈圆状，长着纤细的绒毛。蔓叶间垂着累累的藤梨，棕色，长圆形，果皮上均匀地覆有棕色的绒毛。有村民在采摘藤梨，一会儿工夫，便装满了一篮。

藤梨是一种有着悠久历史的植物。《诗经·桧风·隰有苌楚》是专门写藤梨的："隰有苌楚，猗傩其枝……隰有苌楚，猗傩其华……隰有苌楚，猗傩其实……"诗中描述的"苌楚"，便是藤梨，又叫羊桃。学者程俊英这样解读：古代河南密县、新郑、荥阳一带生长着藤梨，藤梨喜欢生长在潮湿地方，枝蔓婀娜妖娆，繁花俊俏旖旎，枝条上挂着累累的果实。

藤梨叶、花、果俱美，且其攀缘力强，附着在岩石或其他植物上，姿势颇有风致，藤梨之名也得于此吧。在古代，藤梨作为观赏植物，常常从山野移植到庭园中。藤梨的果实时则多成为野猴的美食，藤梨便又称猕猴桃。

藤梨作为观赏性植物被唐朝诗人岑参写入《太白东溪传张老舍即事，寄舍弟侄等》诗中，有这样的诗句：

渭上秋雨过，北风何骚骚。
天晴诸山出，太白峰最高。
主人东溪老，两耳生长毫。
远近知百岁，子孙皆二毛。
中庭井阑上，一架猕猴桃。
石泉饭香粳，酒瓮开新槽。
爱兹田中趣，始悟世上劳。
我行有胜事，书此寄尔曹。

藤梨被架植在庭中井阑上，又遮阴，且藤蔓蓬勃葱茏，当是一景。

到了宋朝，人们不但认识到了藤梨甘美的食用性，其药用价值也被写进了朝廷主持的药物著作，观赏性却渐渐被淡化了。《开宝本草》对藤梨说得明了：“一名藤梨，一名木子，一名猕猴梨。

生山谷，藤生，着树，叶圆有毛，其形似鸡卵大，其皮褐色，经霜始甘美可食。”同时也写到其药用价值，藤梨“止暴渴，解烦热……压丹石，下石淋。热壅反胃者，取汁和生姜汁服之”。

宋代还有一位名叫寇宗奭的医药学家，编著了一部《本草衍义》，其中有藤梨的记载，应该是进行过实地考察的：“猕猴桃，今永兴军（在今陕西）南山甚多，食之解实热，过多则令人脏寒泄。十月烂熟，色淡绿，生则极酸。子繁细，其色如芥子。枝条柔弱，高二三丈，多附木而生。浅山傍道则有存者，深山则多为猴所食。”寇宗奭认为猕猴桃多产于陕西，这与《诗经》中猕猴桃出产河南的说法并不算矛盾。

宋代这两种本草著作对猕猴桃的记载很精准，后代一直还是沿袭这里的说法。李时珍在《本草纲目》中对“猕猴桃”一笔而过：“其形如梨，其色如桃，而猕猴喜食，故有诸名。”

岁月逝去，猕猴桃已经是日常的水果，经过不断改良，人工栽培，果实也越来越大，口感也好，成为水果中的佳品。而长于山谷野地的藤梨已经很少人知道了。

唯有山里人还是喜欢叫藤梨。有一首民谣，叫“山里佬”，其中说到了藤梨，乡下贫，吃不到枣，只好用藤梨替代。民谣读来有趣，不妨录下：

山里佬，山里佬，

柴趾当棉袄，葛藤当裤腰。

乌糯当早稻，藤梨当大枣。

屋顶盖茅草，松明当灯照。

尽管后生劳动好，要讨老嬷讨勿到。

晚秋了，菜场里，偶尔也能见到乡下山民采摘的藤梨，放在篮子里，个小却色鲜，透出浓重的野味。而藤梨泡酒，也属上品。

还想从山谷野地中移植几株藤梨到庭园一隅，“隰有苌楚，猗傩其枝……隰有苌楚，猗傩其华……隰有苌楚，猗傩其实……”

忘忧草

先秦时代，忘忧草不叫忘忧草，叫谖草。

诗经·卫风·伯兮

伯兮朅兮，邦之桀兮。伯也执殳，为王前驱。

自伯之东，首如飞蓬。岂无膏沐？谁适为容。

其雨其雨，杲杲出日。愿言思伯，甘心首疾。

焉得谖草？言树之背。愿言思伯，使我心痗。

这是一首描写女子思念心上人的情诗。因为心上人在远方征战，长期分离，不得相见，便无心梳妆打扮，竟至于“首如飞蓬”。只好常常躲在后院的谖草一侧，诉说自己的心事。谖，忘也。

谖草还有一个名字，为萱草。嵇康《养生论》云：“萱草忘忧。”

白居易也写过诗句："杜康能散闷，萱草解忘忧。"朱熹在注《诗经》时也说："谖草，合欢，食之令人忘忧者，是忘忧之草。"都是从谖草中引申开来的意思。

谖草是不经冬的，春日生长，至晚秋便枯老了。寒风起了，思妇更会想起远方的心上人，有诗："天湿夜凉征衣寒，思妇倚帐愁难眠。"后院中留下枯去了的谖草，其实，除了寂寥，何以解忧？

还有一种说法，李时珍在《本草纲目》引李九华《延寿书》："嫩苗为蔬，食之动风，令人昏然如醉，因名忘忧。"按此理解，谖草似乎含有食后令人醉的成分。曹操诗曰："慨当以慷，忧思难忘。何以解忧？惟有杜康。"然酒醒后，忧愁又会照旧回来的。

谖草在自然中生长的样子颇有些迷人，尤其青葱的枝叶，还有纤纤姿态，特别是谖草的花朵，鲜妍、明丽而丰盈，开放的时候，往往令人恋而忘返。一次去郊游，是五月的一个艳阳天，在山坡上，见到一枝秀美的植物安静地立在一片野草丛中，枝叶的顶部有花朵开放，花蕾参差，盛开者形似喇叭，黄色，欲放者则形如梭子，充盈的样子。随着坡地的延伸，黄花一枝连着一枝连成片，艳阳下，好看极了，看着这一片黄花，倒是会忘掉心中的一些乱事。

有同行的人说，这就是黄花菜。于是他便采摘起来，说是要

萱草

《本草图谱·卷之十七》

回去做菜，我在黄花丛中看了好一会，被摘掉了花，枝叶显得孤弱，在风中摇摆着，有点楚楚可怜。

黄花菜做菜也很鲜美，尤其鲜花直接入锅爆炒，未开放的花蕾更佳。齐如山在《华北的农村》一书中说："含苞未开之花，素炒口味很美，用新炼猪油炒之则更美。"如将鲜花晒干，则可以与猪肉同煮，还可以加一点黑木耳之类的，也不失是好的下饭菜，但吃起来远没有鲜花素炒来得鲜美。可能也与个人的口味有关，一位同事就十分喜爱黄花菜干煮猪肉，常听他说祁东的战友又给他寄来了黄花菜。祁东在湖南衡阳，是黄花菜的主产地。

很多地方叫晒干的黄花菜为金针菜，许是按其形状或颜色叫的。未开放的花蕾，晒干后，呈深黄色或褐色，细长一根，两头有点尖，看上去形似金针。据说，金针菜之名，最早见载于《滇南本草》。《滇南本草》可是早于《本草纲目》的。

黄花菜还有一个很古怪的名字，叫宜男。传说妇女怀孕后，摘一朵黄花，插在衣领或发髻上，便可生男孩。这个传说被正儿八经地记载在一册名叫《风土记》的古籍中。

我还是喜欢把黄花菜叫谖草或忘忧草，读起来有诗意些。

荞麦

说荞麦，先要说到蒲松龄的《聊斋》。《聊斋》有《酒友》一则，说了这样一个故事：一位姓车的书生，酷爱饮酒，一天，车生醒来，身旁睡有一狐，狐说我是你的酒友，但车生一介书生，如何斥资沽酒？车生囊中羞涩，便无言以对。狐接着说："市上荞价廉，此奇货可居。"车生不解，因为当时正风调雨顺，荞麦实在是廉价物。不过，他还是听了狐的话，"收荞四十余石"。车生此举，引来了"人咸非笑之"。然而来年开春，忽遇大旱，"禾豆尽枯，惟荞可种"，车生便将四十余石荞麦作为种子出售，获了十倍的利，"由此益富，治沃田二百亩"。

从蒲松龄笔下，可获得关于荞麦的两条信息。在古代，荞麦属廉价食物，起码在风调雨顺的年代。也说明能种别的作物，农家就不会种荞麦。另外，荞麦又是救荒食物，旱年，别的农作物诸如谷、豆类不能成活，荞麦照样可以收获。生长期短，是荞麦最为典型的救荒特性。齐如山在《北方的农村》中也说：“（荞麦）乃很特别的一种植物，种得最晚，成熟得很快……所以它的价格有时特别贵，有时特别贱。大致是风调雨顺之年，人都不食它便贱；落雨太晚，非种它不可，因为都要种子，它便腾贵。”不是救荒年代，农田中则难见荞麦了。

近来读宋朝陈师道的《后山谈丛》，有二则说到荞麦。一则在“中秋月”条下：“中秋阴暗，天下如一，中秋无月，则兔不孕，蚌不胎，荞麦不实。兔望月而孕，蚌望月而胎，荞麦得月而秀。”一则在“黄鹌噤荞麦斗金”条下：“谚曰：‘黄鹌口噤，荞麦斗金。’夏中候黄鹌不鸣，则荞麦可广种也。”

陈师道说出了荞麦与气候、物候的关系。据现代农业科学研究的结论：荞麦的成熟与结实，确与日照、光照有关。《中国农业百科全书》之“荞麦”条载：“荞麦是短日性作物，当日照长度由 15 到 16 小时减少到 12 到 14 小时，生育期就缩短。”它的生长与光照也密不可分，荞麦对光照强度的反应比其他禾谷类作物要敏感得多，幼苗期光照不足，则植株瘦弱；开花、结实期光照不足，则花果脱落，结实率低。黄鹌是一种鸟类动物，至于其鸣或不鸣，与荞麦收成的丰歉是否有直接因果关系，待考。

荞麦的形态同样很有特点。宋朝朱弁在《曲洧旧闻》中对荞

荞麦

《本草图谱·卷之十四》

麦的形态有较详细的描述，说："荞麦，叶黄、花白、茎赤、子黑、根黄，亦具五方之色。"植物"具五方之色"，怕也不多。李时珍《本草纲目》中也说到荞麦"苗高一二尺，赤茎绿叶，如乌桕树叶。开小白花，繁密粲粲然。结果累累如羊蹄，实有三棱，老则乌黑色"。

荞麦密植，开花时蔚然一片，远远望过去，甚是壮观。齐如山对荞麦开花也观察入微："麦子秀齐，经风吹动，形似水浪，故有麦浪之称；荞麦花开齐，经风吹动，亦颇似浪，故农人有花浪之称。"

古代诗人对荞麦花也多有描绘，尤其白居易多次将荞麦花入诗，其《村夜》一诗有句："独出前门望野田，月明荞麦花如雪。"其《渭村退居寄礼部崔侍郎翰林舍人诗一百韵》有句："荞麦铺花白，棠梨间叶黄。"论家以为，白乐天用一"铺"字，甚为恰当，把荞麦开花的情况描写得淋漓尽致。陆游在写到荞麦花时，也用到了"铺"，是《荞麦初熟刈者满野喜而有作》一诗的开篇："城南城北如铺雪，原头家家种荞麦。"宋朝诗人范成大写到荞麦花："落日青山都好在，桑间荞麦满芳洲。"还有温庭筠的诗句："日暮鸟飞散，满山荞麦花。"荞麦开花，千古诗意盎然。

不过，荞麦终究还是食物。元朝王祯在《农书》中记载，荞麦"磨而为面，作煎饼，配蒜食；或作汤饼，谓之河漏。滑细如粉，亚于麦面，风俗所尚，以供常食……南方农家亦种，但晚收，磨食，溲作饼饵，以补面食，饱而有力。实农家居冬之日馔也”。文中所说“河漏”，是一种面条形的食品。

乡下，有一道称“荞麦米筛扒”的食物，是久违了的一道农家点心。米筛是农家用来筛米的农具，用竹篾纵横编成，其中有细细的方格小漏，用米筛筛过，碎米漏下，留下的全是饱满的颗粒。荞麦米筛扒的制作很简单，用荞麦粉兑水和成，用力搓揉致柔韧筋道，捏成略扁的一小团，用拇指在米筛上轻轻一摁，再顺势一拖，呈微卷曲状，朝外一面印下了米筛浅浅的方格小漏，与王祯所说的“河漏”有些暗合，形状甚是可爱。下到汤锅中，佐以笋干、咸菜或青菜，再加点肉丝，沸水煮，出锅前添入胡椒粉或辣油，吃起来韧而柔，有咬劲，口感好。

橘颂

唐代诗人张九龄在《咏橘》中有句："江南有丹橘，经冬犹绿林。"清代叶申萝在《虞美人·四季橘》中写道："南中佳果千头橘，霜后方成实。谁传奇种四时看？一样开花结就满枝丹。"写出了橘树的风姿。

十月天，北风渐起，橘子熟了，绿叶丹果，橘园锦绣一片。橘子的叶片终年碧绿，即使重霜覆盖，依然如鲜。李时珍也在《本草纲目》"橘"条中说："其叶绿色光面。"橘树的耐寒力，成就了江南霜冻天时的锦绣风光，是一年中的好景致。苏东坡《赠刘景文》一诗有句："一年好景君须记，最是橙黄橘绿时。"

不但有景致，橘树的经济价值也早被古人所识。司马迁在《史记·货殖列传》中就说："蜀、汉、江陵千树橘……此其人皆与千户侯等。然是富给之资也，不窥市井，不行异邑，坐而待收，身有处士之义而取给焉。"太史公说的是"秦汉之制"，早在汉代，蜀、汉、江陵等地便广种橘树。当时，橘树的收获相当可观，植

得千树橘的百姓，似食邑千户的侯爵一般富庶。政府或许也出台了鼓励百姓植橘的优惠政策，广得民心。如此，遥想秦汉朝代的江汉大地，应是橘树成林，绿叶茂密，有风吹过，逶迤成浪，到得“橙黄橘绿时”，定是一片繁荣景致，尤其橘树开花，浓香四溢，飘然远方。

贾思勰在《齐民要术》序言中演绎了太史公“江陵千树橘，与千户侯等”的现实版本，不过发生地不在江陵，而是在武陵龙阳县，即现在的湖南汉寿县。书中是这样记载的：“李衡于武陵龙阳泛州上作宅，种甘橘千树。临卒敕儿曰：‘吾州里有千头木奴，不责汝衣食，岁上一匹绢，亦可足用矣。’吴末，甘橘成，岁得绢数千匹。恒称太史公所谓‘江陵千树橘’与‘千户侯’等者也。……此种植之不可已也。谚曰：‘一年之计，莫如树谷；十年之计，莫如树木。’此之谓也。”

故事是说三国吴人李衡，当年任丹阳太守时，指派奴仆在武陵郡龙阳县的洞庭湖冲击积沙洲上建造住宅，并在宅第周围栽植橘树上千株。临终时告诉儿子，我在老宅拥有一千个“木奴”，不会向你要吃要穿，一个“木奴”每年还可以向你贡献上一匹绢丝，尽够你花销的了。也就是说，橘树长成，每年的果实，可以换来与千匹绢相等的收益。

橘子整个都是宝，还有药用价值。橘叶有消肿散毒和化瘀的功效，用于治疗肺痈、乳痈等。橘核可以治疗腰肌劳损。《本草纲目》中有“橘核”方：主治腰痛。橘皮可以用于湿痰停滞，脾气胀满等症。橘瓤外白色的网状筋络通常被称之“橘络”，有通络化痰、顺气活血之功，是慢性支气管炎、冠心病等慢性疾病患者的食疗佳品。

橘树的生长还与土质、气候有关，以南北划界。长于南土，则结果甘美，迁至北地，则果实苦涩。《晏子春秋》载：“橘生淮南则为橘，生于淮北则为枳。”枳味苦涩。《异物志》曰：“橘树，白花而赤实，皮馨香，又有善味。江南有之，不生他所。”《考工记》曰：“橘逾淮而北为枳……此地气然也。”《吕氏春秋》曰：“果之美者……江浦之橘。”

屈原尤其赞赏橘树这种异地不兴、矢志不移的特性，并赋予了橘树高洁的爱国精神和无穷的象征意味，挥毫写下了千古诗篇《橘颂》，以诗言志。橘树美名因此而千年流风不绝。

秋海棠

八月天，秋风中，秋海棠开花了。

秋海棠开花的日子，朋友给我送来两盆，用的是泥盆，瓦灰色，我将它端放在阳台上。喜欢秋海棠的色，粉红色或深红的花瓣，叶片肥硕，正面呈深绿色，反面呈淡胭脂红色。一花几色，娇媚可人。

还喜欢秋海棠的低调与易植，平民植物，贫士所爱。李渔在《闲情偶寄》之“海棠”条中就此写道：“春海棠颜色极佳，凡有园亭者不可不备，然贫士之家不能必有，当以秋海棠补之。此花便于贫士者有二：移根即是，不须钱买，一也；为地不多，墙间壁上，皆可植之。性复喜阴，秋海棠所取之地，皆群花所弃之地也。”原来春海棠名贵而难养，而秋海棠则朴实得多。

秋海棠繁衍快，不过数年，便蔓延一片。培植也省心，浇水

整枝而已，避开阳光，自然花繁叶茂。经霜后，花谢，便干脆剪去败枝枯叶，留下老根，培土掩之越冬，来年春天便新芽茁壮，气象更新。而且秋海棠还是一种爱清洁的植物，用不着着意上肥。清《广群芳谱》载，秋海棠“性好阴而恶日，一见日即瘁，喜净而恶粪”。言简意赅，写尽了秋海棠的性情。

秋海棠还有几个动人的名字，一是“断肠花”，一是“相思草”，均典出有据。清《花镜》“秋海棠”条载：“俗传昔有女子，怀人不至，涕泪洒地，遂生此花，故色娇如女面，名为断肠花。”《本草纲目拾遗》载：“相传昔人有以思而喷血阶下，遂生此草，故亦名‘相思草’。”

秋天里秋海棠的花叶，俏不争春，独立秋风，类相思状，媚人，自然胜似春花。《花镜》中称秋海棠“为秋色中第一”。而李渔的《闲情偶寄》说：“秋海棠一种，较春花更媚。春花肖美人，秋花更肖美人；春花肖美人之已嫁者，秋花肖美人之待年者；春花肖美人之绰约可爱者，秋花肖美人之纤弱可怜者。处子之可怜，少妇之可爱，二者不可得兼，必将娶怜而割爱矣。”

鉴湖女侠秋瑾一首《秋海棠》诗，写出了秋海棠俏不争春的无限风情：

栽植恩深雨露同，一丛浅淡一丛浓。

平生不借春光力，几度开来斗晚风。

读来不乏象征意味。

清朝诗人朱受新《白秋海棠》一诗，写出了秋海棠的秋色无限：

清秋湛露浥琼芳，素影风摇玉砌旁。

夜静看花人独立，水晶帘外月如霜。

张潮《幽梦影》也说到秋海棠的媚人之处在同类中独立一帜：

梅令人高，兰令人幽，菊令人野，莲令人淡，春海棠令人艳，牡丹令人豪，蕉与竹令人韵，秋海棠令人媚，松令人逸，桐令人清，柳令人感。

文人骚客常将秋海棠直接比为美人。南宋诗人刘克庄将秋海棠比作西施，《海棠三首》中的第二首是这样写的：

几树繁红映碧湾，苎萝山下见芳颜。

分明消得黄金屋，却堕荒蹊野径间。

苎萝山乃西施故里，位于诸暨城南，浣纱江在山下安静地流过，当年西施便常沿着苎萝山小径，来到浣纱江边浣纱。西施浣纱的样子一定特别媚人，尤其秋风中的西施，便媚倒了我们的陶朱公范蠡先生。

诸暨的苎麻

苎麻是生长于诸暨民间的一种很古老的植物。

南宋王十朋《会稽三赋》称诸暨有“如锦之桑，如拳之栗，如丝之苎”，说明诸暨植麻历史悠久，不但产量大，且品种优良，是苎中上品。明万历《绍兴府志》中也有载：“八邑皆有苎，以暨阳为胜。”弘治《绍兴府志》载：“苎布八邑皆有之，诸暨产最精，俗传以为西子遗习。”可见诸暨苎麻的历史，甚至可以上溯至吴越春秋以远，并与西施有关。

《诸暨农业志》载：“30 年代，苎麻种植面积 4800 亩，总产 96 吨，其中 62.5 吨销往上海、杭州等地。50 年代，为全省苎麻主要产地之一。”

诸暨产麻而又以草塔一带最多。草塔古镇，位于诸暨北门外约十公里处。《诸暨民报五周年纪念册》载："苎麻出草塔一带，为诸暨三如之一。"《诸暨农业志》载："清代，苎麻以草塔一带所出最具盛名……草塔莼塘一带麻地成片，种植面积占全县苎麻种植面积三分之一，在省内外颇有声名。"

苎麻一年三熟，产量高，季节性也强。诸暨有乡谚："头苎勿过端午，二苎勿过七月半，三苎勿过重阳。"收麻季节，苎叶翻飞，遍地繁忙。苎麻纤细、茎直，叶阔如掌，其皮布满纤维，将剥下的麻皮在水中浸泡一段时间后，麻皮中纤维和非纤维之间便会分离，用刮刀刮去外层的皮，留下纤维，然后，再将此在水中反复漂洗、甩打，去掉皮屑，剩下纤维，便是苎麻，漂洗的过程便称之为浣纱。

苎麻可以织布，俗称麻布，又称夏布，现在偶尔还可以在诸暨偏远乡下找到用夏布做的蚊帐，俗称夏布帐，不过已经非常稀罕了。

清诸暨诗人郭凤沼有《苎麻》一首：

紫叶低垂一寸长，交藤花吐隔篱香。

縠文几幅山梭布，郎作春衣妾作裳。

说到诸暨苎麻，自然要说到西施。嘉泰《会稽志》载：“苎之精者出苎萝山，山下有西子浣纱石，盖俗所谓苎纱者于此浣之。”苎萝山位于诸暨城南，山不高，玲珑而秀美，山上植物丰茂，浣江在山下流过。《诸暨县志》载：“苎萝山……翠峦玲珑，端秀玉立。岩石呈赭红色，俗称红粉石。”西施便出生于苎萝山畔的古苎萝村。

诗人李白在《咏苎萝山》一诗中有“西施越溪女，出自苎萝山”句。曾在古本《苎萝志》中见过一幅《苎萝山图》，苎萝村与苎萝山是连在一起的。《苎萝山图》虽年代久远，图呈老黄，线条却飘逸、干净，山道两旁见丛生的苎麻，似有江风吹过，苎麻朝向一边微微弯曲。据史料记载，当年的苎萝山以及山下苎萝村的屋前舍后“林木葱郁，苎麻丛生”。古时诸暨苎麻又称苎萝，山与村便以此得名。

遥想当年，西施便是沿着苎萝山南麓布满苎麻的依山小径，来到浣江边浣纱。传说越国大夫范蠡当年就是在江边与佳人相遇，开启了一段传奇。

传说“草塔苎麻”也与西施有着不解之缘。当年，西施同村的阿霞姑娘出嫁，因为家境穷困，置不起嫁妆，心里很难过，便找西施商量，西施面朝苎萝山想了想，便与阿霞在苎萝山上挖了些苎麻部头（根块），做了阿霞的嫁妆。阿霞嫁到了草塔，便在屋后的地塔里埋下了苎麻部头，春天一过，原本荒芜的地塔长出了绿色的苎麻。苎麻生命力很强，没几年工夫，苎麻地塔已经连成了片，连年丰收。阿霞又是织布好手，麻织成了布，布又织得好，在草塔卖得好价钱。阿霞夫家原本贫穷，因为阿霞带来了苎麻，布生意又好，家境一年比一年好，邻居见状，也纷纷在地塔头种起了苎麻。草塔乡人知情后，连声称道是西施娘娘让草塔人过上了好生活。传说的魅力无限，在诸暨民间，便对苎麻似乎有着一份特别的情感。

20世纪30年代初，郁达夫曾有诸暨一游，在登临了苎萝山后，一时兴起，集龚自珍、柳亚子句成一联："百年心事归平淡，十载狂名换苎萝"。诸暨苎麻便蕴涵了人文意味，声名远播。

临水芙蓉花

临水，一排木芙蓉安静地生长着，长得有些年头了，枝干粗壮，叶片阔大。水是清的，水底有卵石，还有细沙，还有一些老去的残枝枯叶……是晚秋了，天气晴好，芙蓉花从容地开放着，花朵硕大。照到水里，水底也开放着芙蓉花，树上一朵，水中一朵，秋水繁华一景。

木芙蓉还有个别名叫拒霜花，土是土了点，倒是直接道出了木芙蓉凌寒傲霜的特性。木芙蓉凌霜开放，在万木萧条之中，便格外夺目。苏轼有《和陈述古拒霜花》一首，写的就是经霜的木芙蓉花：

千林扫作一番黄，只有芙蓉独自芳。

唤作拒霜知未称，细思却是最宜霜。

袁枚有《渔家女》一首：

短蓬轻楫自为家，羞上胭脂渚畔槎。

莫讶风鬟吹不乱，芙蓉原是拒霜花。

诗用比兴，也写出了木芙蓉的高洁品格。

木芙蓉喜欢滨水而居。自古便有“照水芙蓉”一说。明朝文震亨在《长物志》中对此有记：“芙蓉宜植池岸，临水为佳。”王安石《木芙蓉》：“水边无数木芙蓉，露染燕脂色未浓。正似美人初醉著，强抬青镜欲妆慵。”明朝名相申时行也有诗句，吟咏木芙蓉：“艳态偏临水，幽姿独拒霜。”清赵执信《题画芙蓉》：江边谁种水芙蓉，寂寞芳姿照水红。莫怪秋来更多怨，年年不得见春风。屈大均的《广东新语》中有诗句：“人家尽种芙蓉树，临水枝枝映晓妆。”秋阳、秋水还有秋花，还有比这样更加美丽的场景吗？有欧阳修的诗句为证：“溪边野芙蓉，花水相媚好。”

花水相媚，临水为佳。木芙蓉自然是造园筑艺中不可或缺的植物，《红楼梦》大观园中，曲水潺潺流淌，滨水遍植木芙蓉，少不了“照水芙蓉”的艺境。第七十八回，晴雯死去，宝玉郁郁不乐，丫头胡诌说晴雯是变成花神去天上了，宝玉问是主管什么花的花神，丫头慌乱中正好抬头看到园中池上芙蓉花开得正好，就说是芙蓉花神。于是，宝玉对芙蓉花也就格外钟情，还以芙蓉之名，做了一篇祭文，抒发内心酸楚情怀，祭奠晴雯，祭文的题目是《芙蓉女儿诔》。这一段，曹雪芹写得情深意切：“用晴雯素日所喜之冰鲛縠一幅楷字写成，

名曰《芙蓉女儿诔》，前序后歌。又备了四样晴雯所喜之物，于是夜月下，命那小丫头捧至芙蓉前。先行礼毕，将那诔文即挂于芙蓉枝上。”

除了骄人的媚姿，木芙蓉的木质纤维还是造纸的上佳材料。传世的“薛涛笺”，用的便是木芙蓉的纤维。当年，唐代女诗人薛涛隐居在成都望江楼一域，吟诗雅游，还喜好制作小笺，唱还酬和一班风流诗友。薛涛笺，即用木芙蓉的枝茎制成。水是井水，井在薛涛居住的小院一侧，水清，绵长而不涸，是为“薛涛井”。

北宋苏易简在《文房四谱》中写道：“元和之初，薛涛尚斯色，而好制小诗，惜其幅大，不欲长，乃命匠人狭小为之。蜀中才子既以为便，后裁诸笺亦如是，特名曰‘薛涛笺’。”清人陈矩《薛涛井怀古》有句：“无波古井因涛重，有色遗笺举世珍。”薛涛井至今尚存，成为成都一景，见证一代才女的风华。

芙蓉花瓣的汁液，还是古时一种上好的染料。用芙蓉花汁染成的丝绸织品，鲜亮非常，制成帐子，即是“芙蓉帐”。“芙蓉帐”可不是普通寝具，是进入皇室深宫的。白居易的《长恨歌》写到了唐明皇和杨贵妃的温柔之乡，有句：“云鬓花颜金步摇，芙蓉帐暖度春宵。”

秋槿

秋槿，作为植物名，其意味是悠远的。秋天的天空下，层林尽染，其中便有槿花的色彩。槿花以紫红、粉红者为佳。

秋槿是木槿的别名，因为花期长，多开在秋天，便又称秋槿。看到这种花，自然会下意识地想到一位绍兴女性，是女侠，为推翻清廷拔剑而起，真正的巾帼不让须眉。失败后，写下“秋风秋雨愁煞人”句，被清政府杀害于绍兴古轩亭口。这位叫秋瑾的女侠，本名便是秋槿，取之于白居易《秋槿》一首，后来，将“槿”改成了“瑾”。这一段，见载孙昌建先生《民国有个绍兴帮》中的《秋瑾：灰尘中也开花》一文。

白居易的《秋槿》写得伤感而悲凉：

风露飒已冷，天色亦黄昏。

中庭有槿花，荣落同一晨。

秋开已寂寞，夕陨何纷纷。

正怜少颜色，复叹不逡巡。

感此因念彼，怀哉聊一陈。

男儿老富贵，女子晚婚姻。

头白始得志，色衰方事人。

后时不获已，安得如青春？

白居易还有一首《和微之叹槿花》，写得落寞、悲伤：

朝荣殊可惜，暮落实堪嗟。

若向花中比，犹应胜眼花。

元稹《遣病十首》中，也写到了秋槿：“落尽秋槿花，离人病犹甚。”秋槿在诗人笔下，似乎具有了悲壮的味道。

其实，秋槿本是一种普通的植物，易栽，见土即活，“春初扦插，以河泥壅之即活”。秋槿在江南乡间随处可见，尤其江南民居院落、菜圃、路旁。因叶片浓绿繁密，枝蔓的柔韧性好，秋槿作为篱墙而植最为适宜，便专称为“篱槿”，江南民间也因此又称秋槿为“篱笆花”。

清朝园艺著作《花镜》对此有述：“若单叶柔条，五瓣成一花者，乃篱槿也；止堪编篱……”杨万里有《道旁槿篱》一诗，写的就是它。其中两句：“夹路疏篱锦作堆，朝开暮落复朝开。”

秋槿开花与牵牛、合欢有些类似，清朝遇晨露而放，且最旺，夕阳西斜，花也随之渐渐合去。在日本，槿又称朝颜。周作人认为，《枕草子》中朝颜便特指木槿花。

到了秋天，乡下的庭院、小道便被秋槿花缠绕着，人与自然共存共荣，而且此花花期长久，可以从迟夏一直开到初冬经霜。晚秋一天，去乡间作客，朋友家宅前面有小院，便是秋槿作篱，院内还开着迟桂花。午餐，置桌于院内树下，有秋槿围绕，香风吹过，花雨零落，不禁多喝了几杯。

鲁迅先生喜欢《花镜》，受先生影响，一直把《花镜》放在桌边，算是附庸风雅吧，有闲翻上几页，发现秋槿的叶、花还可别用，《花镜》中载："其嫩叶可代茶饮"，"叶除可代茶外，并可用以沐发，花烹调可作汤。"

李

《本草图谱·卷之六十一》

槜李

“槜李”本为地名，在如今的嘉兴一域。因为盛产一种“果皮鲜红，汁多，味甜”的佳李，地名也成了植物果名。这一说法，在《槜李谱》中可以得到印证。

《槜李谱》中专列“地名”一节，有这样的记述：“地名，嘉兴之地，以产槜李名为槜李，犹之产嘉禾名为嘉禾也。槜李城在嘉兴府治西南四十五里，城高二丈，厚一丈五尺。春秋吴伐越，越子即陈于此。”其中也显示出槜李是很古老的一种植物，早在春秋时期已在嘉兴一域种植了，距今应有二千四百余年了。

南宋嘉兴张尧同在《嘉禾百咏》中，有《净相佳李》一诗：

地重因名果，如分沆瀣浆。
伤心吴越战，未敢尽情尝。

古净相寺位嘉兴东南方，佳李盛出于此域。《槜李谱》中有载：“槜李虽嘉禾土产，总以净相寺为第一。”

关于槜李，不管是古诗文还是民间传说，都喜欢将其与吴越春秋和西施联系起来。《国家非物质文化遗产：西施传说》一书中记载了一则传说，说的是范蠡护送西施前往吴宫，来到嘉兴地域，西施因水土不服身体不适，一个老人听说后送来一篮槜李，说：“西施姑娘身子单薄，一路上饮水不便，常含一口李汁，就能解渴去病，神清气爽，只要用指甲轻轻掐个小孔，就可以吮吸里面的甜汁了。”他们听了老人的话，一路上西施就靠这篮李子解渴。西施吃过的李子，吸去了中间的肉汁，皮和核都是完整的，只是，每颗槜李都留下了西施的指印，是谓西子掐。美人佳果，往往是能够引起好事者兴会的。

清代嘉兴诗人朱彝尊作《鸳鸯湖棹歌》，有《怀乡曲》《槜李诗》等篇，把西施与槜李的民间故事入诗：“听说西子曾一掐，至今颗颗爪痕添”，“曾留西子掐，当食转怜渠”。据说朱诗既出，和者甚众，槜李一时名声大振。《槜李谱》中也有记载：“如其红晕明透、颜色鲜润，即取布巾雪去白粉，以指爪破其皮，浆液可一吸而尽。此时色香味三者皆备，虽甘露醴泉不能及也。”《槜李谱》“爪痕”一节有言：“净相寺李，有西施爪痕于面，粗细长短不一，至今犹存。”可见西施传说，在后世还是很有影响的。

鱼腥草

鱼腥草古称蕺菜。蕺菜长在山上，长了满满的一座山，这座山便叫蕺山。

蕺山在绍兴，王十朋在《会稽志》中说：“蕺山在府西六里，越王采蕺于此。”清悔堂老人的《越中杂识》“蕺山”条载：“在卧龙山东北三里，产蕺……晋王羲之宅在焉，后舍为戒珠寺，故又名王家山。”

当年，越败于吴，勾践做了吴王夫差的俘虏，后被赦，回到越国后便卧薪尝胆，一心图强。当时，越国正遇上罕见的荒年，越王便亲自在山上寻找野菜度荒，在蕺山上发现了长得茂密且可以食用的蕺菜，便向百姓推广，后来，越国百姓依靠这种有着鱼腥味的蕺菜度过了荒年。蕺菜在民间便俗称为鱼腥草。

前些天，去了一次蕺山，是在一个春暖花开的日子。这里已经不是数千前越王采蕺的蕺山了，没有了满山的蕺菜，到处都充满着人工的痕迹，蕺山书院右军祠等完全是后来建的，倒是在潮湿背阴的山坡一面，有鱼腥草还在蔓延生长，不过看起来过于整齐，或许也是人工种植的。

鱼腥草喜欢生长在潮湿的地方，尤其临水的溪边，丛生，如生长在背阴一面，则会蔓生开去，“叶如荞麦而肥”，乡人也有叫它“野荞麦”的。暮春或夏天，鱼腥草繁密葱笼，阳光下，肥硕的叶片发出油光光的浓绿。雨后，有晶莹的水珠在叶片上闪烁，此时的鱼腥草作为绿色的观赏植物，也属上品。

农家小宅后面围有一块院子，修有一方浅浅水塘，水塘边栽有几丛鱼腥草，说是从山上的溪边移植过来的，紧靠围墙根的背阴，鱼腥草的叶片显得特别翠绿肥硕。

宅主人说鱼腥草的繁殖能力强，单株或小簇，没两年时间，便成丛成片了，还有蔓生开去的趋势。

自从古越王发现鱼腥草的食用性后，鱼腥草已经成为百姓餐桌上常见的野菜了。

鱼腥草食法颇多，常常是凉拌或清炒，我偏向于凉拌。洗净，沸水一过，切碎，加精盐，淋少许香油即可，爽脆且清香无比。若清炒鱼腥草，用的是鱼腥草的根茎，添加鸡蛋皮、黑木耳、蒜叶、料酒、生抽、醋等，猛火中快速翻炒出锅，黄的是鸡蛋皮，白的是鱼腥草根，黑的是木耳，绿的是蒜叶，很惹眼，真的是色香味俱全。做了几次，很受朋友喜欢。

还有朋友则喜欢在凉拌鱼腥草时加入些许辣椒，以冲淡、盖过鱼腥味。我以为不然，吃鱼腥草，要的就是其浓烈张扬的味道。

鱼腥草的味道其实是一种清香，嚼起来，满嘴清香缭绕，半日不绝，是别的菜蔬所无法比拟的。这种浓烈的味道还有独特的驱秽功能，激浊扬清，能够清洁气息。

便又要说到吴越春秋，说到越王，对越王勾践来说鱼腥草的味道不是陌生的。据说当年勾践被囚吴时，患了口臭病，大夫范蠡便让身边的侍从大嚼蕺菜，靠很烈的鱼腥味以解越王的口臭。对此，东汉赵晔的《吴越春秋》有载："越王从尝粪恶之后，遂病口臭。范蠡乃令左右皆食岑草以乱其气。"岑草便是鱼腥草，《会稽赋》载："岑草，蕺也，菜名。"《越中杂识》也有记载："越王尝吴王秽后，遂病口臭，乃采蕺食之，以乱其气。"看来鱼腥草与勾践渊源不浅。

说芡

芡，又名鸡头。《说文解字》载：“芡，鸡头也。”《救荒本草》释道，芡“花下结实，形类鸡头，故以名之”。

芡是一种水生植物，与荷、睡莲、莼、菱等为邻，择水而居。芡的叶片也与荷叶的形状相近，甚至比荷叶还再大些，贴水面而长。《救荒本草》对此亦有记述：“出雷泽，今处处有之，生泽中。叶大如荷而皱，背紫有刺……”陈淏子《花镜》载：“（芡）叶似荷而大，上有蹙皱如沸，面青背紫，茎叶皆有芒刺，平铺水上。”

芡开紫花，花细小，五、六月间开花，贴紧水面，漂浮在水面上的样子，虽不比荷花艳丽丰腴，细致的紫花，倒也耐看。一池二花，芡花便显得低调。芡花的特点，一是细小，再是向阳而开。《花镜》说：“芡花小而向日开，同葵之性。”那年暮春，去江南水乡的一个古镇，走过一条木制的栈道，两边是水，水上有荷有芡，花开两种，随水荡漾着，花色或大红或粉红或淡红或紫，铺在水面，像会轻浮起来。想想还是有水有荷有芡的地方好。栈道上游客不少，慢慢地排着，慢慢地朝前走着。

芡也是易生植物，有水的地方似乎都可以养植。《齐民要术》之“种芡法”述：“八月中收取，擘破，取子，散著池中，自生也。”《花镜》载：“秋间收老子，以蒲包包浸水中，二、三月撒浅水中，待叶浮而上，方可移栽深水。种法：用麻、豆饼屑，拌匀河泥植下，则易盛。”似乎《花镜》的说法更实用且可操作。

李时珍在《本草纲目》中释名曰：“芡可济俭歉，故谓之芡。”说明古老的芡实，是疗饥度荒的上品。《救荒本草》描述芡实的救荒门径：“采嫩根茎炸食。实熟采实，剥仁食之。蒸过，烈日晒之，其皮即开，舂去皮，捣仁为粉，蒸炸作饼，皆可食。多食不益脾胃气，兼难消化。”元朝王祯在《农书》中也写道：“鸡头作粉，食之甚妙，河北沿溏泺居人采之，舂去皮，捣为粉，蒸炸作饼，可以代粮。龚遂守渤海，劝民秋冬益蓄菱芡，盖谓其能充饥也。”

不在灾荒年代，芡就成了一种美味，尤其在江南。《花镜》是这样说的：“惟苏、杭出者壳软薄，而肉糯且大，味极腴美。”还是要说到那年暮春，那个江南水乡的古镇，过了木制栈道，便进入了老街，窄窄的老街，两边布满了店铺，一家一家紧挨着，多是当地水乡的特色小吃，最多的小吃便是芡实糕，店门口支着一面广告旗，旗上写着一个很大的“芡”字。江南人就是会做生意，现做，芡糕的整个制作流程就呈现在游客的眼皮底下，店主还不停地要游客免费品尝。嚼在嘴里，糯而且香。尝后都说好，不得不买。走在老街上的游客，手上拎着芡糕，用小盒装着。

除了芡实，嫩时的芡茎也是可以生吃的，古籍中就存有这种说法。《本草纲目》载：“其茎长至丈余，中亦有孔有丝，嫩者剥皮可食。”《救荒本草》：“人采以为菜茹。实味甘，性平，无毒。”有次去武汉旅游，在一家普通饭店，端上了一碟清炒芡茎，掺着一些切得薄薄的藕片，嚼在嘴里，爽脆，清口得很。

芡还有很好的养生功用。唐《新修本草》说其：“味甘，平，无毒。主湿痹，腰脊膝痛，补中，除疾，益精气，强志，令耳目聪明。久服轻身不饥，耐老神仙。”突出了芡的养生功能。

北宋黄庭坚有两首诗，写到了芡，写得到位。一首是《次韵王定国扬州见寄》，诗中有句：“飞雪堆盘鲙鱼腹，明珠论斗煮鸡头。平生行乐自不恶，岂有竹西歌吹愁。”一首是《同钱志仲饭籍田钱孺文官舍》，有句：“倒鞍收莲的，剖蚌煮鸡头。野日草光合，水风荷气浮。”

无名氏《采鸡头》是一首民谣式的诗歌：

采鸡头，采鸡头，清波渺渺摇轻舟。

年年采得如琳球，玳筵罗列陈珍馐。

年来谷贵鸡头萎，但采鸡头根济馁。

醉把茱萸仔细看

翻看画册，其中有一幅傅抱石先生的《杜甫九日蓝耕会饮诗意图》：秦岭山脉逶迤远去，如线的清泉流泻在山涧，有茅屋隐逸在崇山丛中，植物茂密，松枝随风摇曳，烟云缭绕，一行文人雅客在林间松下吟行浅唱，还有秋叶飘落在身边……

这一天是九九重阳日，诗人们在蓝田古地雅集，登高会饮。在迷蒙的秋色中，杜甫写下了名篇《九日蓝田崔氏庄》，全诗如下：

老去悲秋强自宽，兴来今日尽君欢。

羞将短发还吹帽，笑倩旁人为正冠。

蓝水远从千涧落，玉山高并两峰寒。

明年此会知谁健，醉把茱萸仔细看。

诗人的心事有些复杂，诗中也意味悠长，“明年此会知谁健，醉把茱萸仔细看”，沧海桑田，逝者如斯，诗人蒙眬的醉眼看着茱萸，感觉来年世事迷茫难料，人生悲凉便从中而来。

来年九九重阳日，诗人们还会佩着茱萸来此雅集会饮吗？茱萸入诗，自古有之，且传承有致。

宋朝吴文英的《霜叶飞·重九》结尾一句：“谩细将、茱萸看，但约明年，翠微高处。”元代汤式的《小凉州·九日渡江》：“樽前醉把茱萸嗅，问相知几个白头？”王维的《九月九日忆山东兄弟》：

独在异乡为异客，每逢佳节倍思亲。

遥知兄弟登高处，遍插茱萸少一人。

王昌龄的《九日登高》：

青山远近带皇州，霁景重阳上北楼。

雨歇亭皋仙菊润，霜飞天苑御梨秋。

食茱萸

《本草图谱·卷之七十》

茱萸插鬓花宜寿，翡翠横钗舞作愁。
谩说陶潜篱下醉，何曾得见此风流。

朱放的《九日与杨凝崔淑期登江上山会有故不得往因赠之》：

欲从携手登高去，一到门前意已无。
那得更将头上发，学他年少插茱萸。

《容斋随笔》中对杜甫、王维、朱放三位的诗进行比较："三君所用，杜公为优。"《瀛奎律髓》认为杜诗"末句'醉把茱萸仔细看'，超绝千古"。

古诗中茱萸作为重阳风物，其植物的自然属性褪去了，添上了人文意味，诗人的力量由此可见。反之，茱萸出诗，便是生长在南方山坡上的一种很普通的植物。

茱萸属于木本植物，与其他植物生长在一起，很少见到成片的茱萸林。茱萸的叶片有些细碎茂密，看上去像香椿树的叶子，颜色也呈浅紫色。苏颂在《本草图经》中对茱萸的描述颇为精到："今处处有之，江浙、蜀汉尤多。木高丈余，皮青绿色。叶似椿而阔浓，紫色。三月开红紫细花。七月、八月结实似椒子，嫩时微黄，至熟则深紫。”李时珍在《本草纲目》中对茱萸也有描述：“茱萸枝柔而肥，叶长而皱，其实结于梢头，累累成簇而无核，与椒不同。”

茱萸成熟后，会散发出淡淡的清香味，传说有辟邪祛恶气的功用。茱萸一般在九九重阳前后成熟，古时便作为重阳的重要风物。《荆楚岁时记》载：“九月九日，佩茱萸，食蓬饵，饮菊花酒，令人长寿。”《风土记》曰：“俗尚九月九日谓为上九，茱萸到此日气烈熟色赤，可折其房以插头，云辟恶气御冬。”

看来，古人佩的是茱萸枝，枝头尚存红紫色的果实。施蛰存先生在《闲说重阳》一文中也是这样认为的：“到底这插戴的茱萸是花呢，是叶呢，还是果实？……这样看来，插头的原来是茱萸子，或者说是球果，决不可能是花也。”

重阳日佩茱萸之风俗始于何时，众说纷纭。南朝吴均的志怪小说集《续齐谐记》有传说一则：“汝南桓景随费长房游学累年，长房谓曰：‘九月九日，汝家中当有灾，宜急去，令家人各作绛囊，盛茱萸，以系臂，登高饮菊花酒，此祸可除。’景如言，齐家登山。夕还，见鸡犬牛羊一时暴死。长房闻之曰：‘此可代也。’今世人九日登高饮酒，妇人带茱萸囊，盖始于此。”很多风俗，与传说故事联系在一起。

茱萸叶还可以过滤、净化水中杂质，也有杀毒效能。李时珍在《本草纲目》中引用《淮南万毕术》中的记述："井上宜种茱萸，叶落井中，人饮其水，无瘟疫。"

茱萸还是一种嘉木。《杂五行书》："舍东种白杨、茱萸三根，增年益寿，除患害也。"西晋孙楚在《茱萸赋》中写道："有茱萸之嘉木，植茅茨之前庭。"

茱萸作为九九重阳风物，是古时候的事情了，已经渐渐远去，很少有人提及。不过，在庭院以及后花园，还是可以植一些茱萸的。晚秋时节，在茱萸树旁，看着茱萸枝头挂满的鲜美果实，也不会仅生悲秋情绪了吧。

红姑娘

红姑娘是一种植物，果实可以食用，名字好听，长得好看。进入晚秋，红姑娘果实成熟，红色饱满匀停，个头浑圆，看上去与红樱桃有点类似。

一年秋天，与朋友一起去爬山，半山腰有溪水安静地流着，溪旁长着红姑娘，也安静，枝叶看上去有些枯败，被秋风吹的。果子倒是不少，已经熟透了，摘些下来，捧在手里，在秋阳下，鲜红欲滴，我似乎有些明白了，它为什么会有这么好听的一个名字。是因为有这么好看的果子，像是姑娘的脸，惹人喜爱。后来在周作人《关于红姑娘》一文里读到同样的说法，红姑娘是“一种野草的果实。生得很好玩，是儿童所喜爱的东西”。我想不但儿童喜欢，成人也会喜欢的。

其实，红姑娘并非是植物的名字，而是这种植物果实的名。果实太出挑了，名声就盖过了植物本身。

红姑娘的别名也不少，因地域不同，叫法往往也有差异，如灯笼草、挂金灯、锦灯笼、酸浆等等。

朱棣在《救荒本草》中有这样的描述："姑娘菜俗名灯笼儿，又名挂金灯……开白花；结房如囊……形如撮口布袋，又类灯笼样。囊中有实如樱桃大……"红姑娘真的好像是一位古典的姑娘，害羞，矜持，于是有密封的外罩，将自己封闭在罩内。待姑娘成熟了，外罩自然便卸掉了，露出

了红姑娘的本来面目。

在南方，民间还喜欢叫红姑娘为“酸浆”，似乎与其味道有关，传统典籍中不少也用这个称呼。如李时珍的《本草纲目》：“酸浆，以子之味名也……灯笼、皮弁，以角之形名也。”

寇宗奭在《本草衍义》中说：“酸浆，今天下皆有之。苗如天茄子，开小白花，结青壳，熟则深红，壳中子大如樱，亦红色，樱中复有细子，如落苏之子，食之有青草气。”说得更为通俗。

《元故宫遗录》说得可爱：“金殿前有野果，名红姑娘，外垂绛囊，中空有子，如丹珠，味酸甜可食，盈盈绕砌，与翠草同芳，亦自可爱。”

红姑娘成熟后，可以直接送进嘴里，甜中略带酸味，甘寒相消，便是温性，是中医推荐的一种口味，也是很多人喜欢的味道。还有一种吃法，是将红姑娘存入瓮中，腌渍后，留待冬春食用。腌渍时，可加适量的盐，甜、酸中带有盐味，更为一种上好零食。日本人写的《本朝食鉴》中对此有所叙述：“酸浆……或盐渍藏封，为冬春之用，以为庖厨之供。”可见在日本，腌好的红姑娘还可以作为庖厨的佐料。

长得好看，红姑娘便从野外移入了家圃庭园。它叶片菲薄，暮春开小花，黄白颜色，灯笼状的房囊，起初呈现青绿色，看上去像是绿色的小灯笼，藏在绿色的叶片丛中。入秋，房囊便渐渐泛出嫩黄来，秋风吹过，便泛出老黄或枯黄来，囊壁也显得薄了许多，囊内的果子透出红色，风中摇荡着，似红姑娘在招手，似白纱灯笼中之火，引得儿童采摘。周作人便说：“是儿童所喜爱的东西。”

可爱的碗莲

翻郑振铎《求书日录》，其中一则，写到了碗莲，蛮有趣味："民国二十九年一月三十日。下午，至中国书店，得《遵生八笺》一部。此书，我少年时很喜欢它。……童年好弄，尝信其言，欲植小荷花于碗中，终于无成。然在北平，实亲见小杯中，所植之红白荷花，莲叶，花藕，无不具体而微，则其所说固非无稽也。"

高濂的《遵生八笺》，没有提及碗莲，而有"盆种荷花"一条："……先以天门冬为末，和羊毛角屑，拌泥安盆底，种莲子在内，勿令水干，则生叶，开花如钱大，可爱。"便是郑振铎说的碗莲吧。

除了《遵生八笺》，还有清代沈复《浮生六记》、杨钟宝《缸荷谱》等分别载有"高不盈尺""花大着钱"或"花如脂盒"等微型荷花的栽培情况。可见，明清时期，江南一带时兴盆栽荷花，尤其作为案头清供，最受青睐。

在周瘦鹃的《花花草草》一书中，看到《谈谈莲花》一文，写到了碗莲，清雅得很：“……乡前辈潘季儒先生擅种缸莲，有层台、洒金、镶边玉钵盂、绿荷、粉千叶等名种，叹为观止。前几年分根见赐，喜不自胜，年年都是开得好好的。”周瘦鹃接着写道：“老友卢彬士先生是吴中培植碗莲的唯一能手，能在小小一个碗里，开出一朵朵红莲花来。每年开花时节，往往以一碗相赠，作爱莲堂案头清供。据说这种子就是层台的小种，是从安徽一个和尚那里得来的。可惜室内不能供得太久，怕别的菡萏开不出来，供了半小时，就要急急地移出去了。”

据载，“碗莲”一说，最早见于20世纪40年代卢彬士所著《莳荷一得·君子吟》，其中有注，曰：“钵莲，亦名碗莲。”顾名思义，是指可在碗里栽培的小株形荷花品种群。

《莳荷一得·君子吟》集了卢彬士作的咏碗莲诗，他在自序中写道：“余亦爱莲成癖，佳种广搜，十年前得钵莲名种，可作案头清供，同好竞索，应接不遑。年来襄理典藏，日涉可园，笔政余闲，喜其地广庭空，分栽尤众，盆盎罗列，皿碗杂陈，且补莳池莲，以美园西风景焉。花时清香四溢，时集名流，绿意红情，辄增诗料，分题吟咏，间及所无，虽体物未工，而寄情惟适，汇而录之，题曰《君子吟》。”

卢彬士的咏碗莲诗，写得风致摇曳。录二首：

《余为闻达上人莳钵莲一，花涌现将放矣，潘子圣一溉花误折之，深为惋惜，赋此解嘲》，诗曰：

闻达上人授一钵，为种莲花虔供佛。
佛图钵内已生莲，卓立含苞喜将发。
爱花同志居士潘，日同灌溉心力殚。
长袖一拂折其茎，未睹圆满先摧残。
失声惊讶复嗟叹，中心惶惶不自安。
我谓成毁皆因缘，即空即色如是观。
优钵罗花只一现，欲花常好理所难。
上人况是识缘法，曾护图书脱尘劫。
此花寓目倘无缘，补植灵根正不乏。
寄语潘子勿懊丧，咒钵莲花或重放。

《戊子夏为瘦鹃先生莳钵莲已现双花，携去媵之以诗》，诗曰：

花样君家补别裁，红莲今亦入盆栽。

案头清供搜罗广，几为先生费手培。

《中国荷花品种图志》中，对碗莲设定了一些相应的物理指标："在口径 26 厘米以内的花盆中能正常开花，同时须具备以下四项'指标'：一是花朵小，花朵直径一般不超过 12 厘米；二是叶子矮，立叶平均高度不超过 33 厘米；三是叶片小，立叶叶片的平均直径不超过 24 厘米；四是容器精，不同规格的容器对碗莲栽培生长发育影响很大，一般碗莲需种植在釉盆、瓷盆、紫砂盆等不易渗水的容器，一般选用口径 20—25 厘米、深 15—20 厘米的容器最合适。"作为外行，似乎觉如此指标不设也罢。

还是高濂的《遵生八笺》中所赞清明、直接："花如钱大，可爱。"

乌饭树与乌饭

乌饭树是很平常的树，在诸暨乡下的山坡上很容易看到。

乌饭树的别名不少，古籍中叫得最多的是南烛，还有牛筋、染菽、杨桐等，还有叫野蓝莓的。为什么叫牛筋，倒是有说法，说是人食了乌饭树叶汁浸泡的米做成的饭，健如牛筋，故名。为什么叫南烛，若出无名。李时珍也说："南烛诸名，多不可解。"

在诸暨乡下，乌饭树有个很形象的叫法，叫老鸦（音"喔"）米饭树，意思是果子成熟后，成为乌鸦的口中美餐，且乌饭树的果子大小也与米粒相近，倒也形象。

乌饭树是一种常绿植物，喜欢生长在向阳山坡的灌木丛中，按古医家陈藏器的说法："南烛生高山，经冬不凋。"它也喜欢潮湿的土壤，生长在山涧溪畔的乌饭树，更为丰茂。李时珍说：“临水生者尤茂。”乌饭树生长期较长，生长缓慢，枝高不过三五尺，在灌木丛中，看起来似木似草。《图经本草》是这样写的：“此木至难长，初生三四年，状若菘菜之属，亦颇似栀子，二三十年乃成大株。”

那次登秦望山，难得看到“大株”的乌饭树。秦望山在诸暨东边，与绍兴相邻，离枫桥古镇十里左右。相传当年秦始皇南巡，曾登临此山山巅，遥望东海，留下史迹。快到秦望山山顶的拐弯处，看到路边有一株老树，叶茂，有些高大，枝干多结节，且粗糙得很，灰褐色，苍古遒劲，看上去年事已高。在一片繁杂的植物中也有些显眼，同行的一位本地人说，这是一株乌饭树。乌饭树在境内的山地中不少见，这样古拙、沧桑的乌饭树却是罕见。朋友介绍说，这株乌饭树的树龄在百年以上。

乌饭树结果在九月以后，果子细圆，青绿色，果皮光滑，成熟后，呈紫蓝色，经霜后，转红，“秋则实赤如丹”。还是《本草图经》：“其子如茱萸，九月熟，酸美可食。”其实真要待到“实赤如丹”，是极其难得的，尚未进入晚秋，往往果子还在青绿时光，便已经成为乌鸦的美餐。晚秋，常可见有鸟及乌鸦在山坡上低旋徘徊，发着辽远的声音。

南烛

《本草图谱·卷之八十八》

乌饭树的叶片在民间有着很特别的效用。它的叶片与茶叶的叶片有些相似，但不对称。“叶不相对，似茗而圆厚”。将乌饭树的叶片捣碎出汁，并将米浸泡其中，过一晚，第二天捞出，米便呈乌黑色，上笼蒸熟，饭乌黑，晒干，光亮，“坚而碧色”，民间多叫乌饭。这就是乌饭树的名出有典了。

在江南民间，有寒食节食乌饭的风俗。寒食节在冬至后一百零五天，清明节前一两天，这一天，家家要禁烟火，吃冷食，便又叫“禁烟节”。这时，百姓便可以拿出早些天已经准备好的乌饭。据说乌饭有助阳的功能，获得民间的推崇。

道家则用乌饭祭祀祖先，唐陆龟蒙有诗句：“乌饭新炊茶藿香，道家斋日以为常。”李时珍在《本草纲目》中也有这样的记载：“此饭乃仙家服食之法，而今释家多于四月八日造之，以供佛。”或许是乌米晒干后，泛出青精的光泽吧，道家也叫乌饭为青精饭。《岁时广记》中便有“青精饭”条：“居人遇寒食采其叶染饭，色青而有光，食之资阳气。道家谓之青精饭。”

紫苏

尚在少年时代。那一年夏天，天气特别热，身上热出了几个疔疮，开始跟蚊子咬了没什么两样，过了一天，红斑变大发硬，一碰便痛得“咬牙切齿”。邻居是位赤脚医生，看后说，是疔疮，热出来的。说着便去后园的菜园子里，摘了几片植物叶子，要我贴在疔疮上，说贴几次便会消下去了。

这叶片看起来阔大，还有些厚硕，正面呈淡绿色，背面深紫色。问起来才知道是紫苏叶，有消毒、清凉的疗效。医生还说不能直接贴，先要用手把叶片搓揉几下，有浆液渗出，才敷盖在疔疮面上。依法行之，便有一股凉意沁入疔疮内里。好像是接连贴了三四张吧，红肿便渐渐褪去。

这是乡村医生的土方。

此后，我便记住了这种植物，它又叫苏叶，很有意味的名字，词意畅悦，有柔婉之感。李时珍在《本草纲目》中对此有释：“苏性舒畅，行气和血，故谓之苏。曰紫苏者，以别白苏也。”看来还有一种白苏。

紫苏，全身是药。除了叶片、茎以及开出的花，还有结下的籽，均可入药，且有不同的药效。《本草纲目》中有详尽的记载。

紫苏另有一功，能“解鱼蟹毒”，《本草图经》有所提及，《本草纲目》也有及：“以叶生食作羹，杀一切鱼肉毒。”

元朝无锡画家倪瓒，是一位美食大家，写下菜谱一种，取名《云林堂饮食制度集》，在古今美食界有口碑。其中有“煮蟹法”一条，用到了紫苏。紫苏味辛，作为调味品，去腥，又兼解毒之功：“用生姜、紫苏、桂皮、盐同煮。大火沸透便翻，再一大沸透便啖。凡煮蟹，旋煮旋啖则佳。以一人为率，只可煮二只，啖已再煮……醋供。”

当代作家孟晖，对古名物颇有研究，随笔文章又写得好。有两篇文字中写到了紫苏，还是与蟹搭界的。一篇是《我们的香气哪儿去了》，一篇是《蟹宴的洗手汤》，都是好文字。

《我们的香气哪去了？》中有这样的记述：“紫苏叶——也是在当今很容易被忽视的一种传统香叶。将元代倪云林的煮蟹法加以改良，每只螃蟹脐上插一片姜、背部裹一片紫苏，如此有铺有盖地入锅蒸。才一揭锅，便引发阿迪赞叹：‘添了紫苏果然不一样，好清香，一点没有腥气！’”看来，紫苏作为香料还是好用。

《蟹宴的洗手汤》一文中则有更多有趣的考据。抄录清赏：“太监刘若愚《酌中志》载：彼时宫中后妃们食蟹，一定‘用苏叶等件洗手’，到了明末文人秦兰征的《天启宫词》中，则进一步注明为‘食已，用紫苏草作汤盥手’，紫苏叶一般称为‘苏子叶’，这种气息独特的碧叶自唐代起就深受中国人重视，于传统生活中扮演着很醒目的角色，包括在明代的宫廷与民间用为蟹宴上的特备洗手汤。”不过，将紫苏作“碧叶”，似有不妥。

白苏，却与香料无缘。古中药学家陶弘景在《本草经集注》中有记：“苏叶下紫色而气甚香，其无紫色不香似荏者，名野苏，不堪用。”

其实，紫苏是很普通的一种植物，随处可见。《本草图经》中写道：“苏，紫苏也。处处有之，以背面皆紫者佳。”

诸暨的板栗

诸暨种植栗树的历史很久远了。古籍中记载颇多。

北宋《越州图经》载：“诸暨出如拳之栗。”北宋吴曾撰写的《能改斋漫录》有这样的记载：“政和中诏诸暨县贡焉，栗固大于他邑。”南宋《剡录》载：“诸暨栗最多。”南北朝著名药学家陶弘景在《神农本草经集注》中载：“今会稽诸暨栗，形大皮厚……”《太平御览》卷九百六十四：“诸暨如拳之栗。”明万历《绍兴府志》载：“诸暨栗至多，山中人用粳米煮饭食之。”

诸暨多山地，素有“七山二水一分田”之说。栗子几乎遍植诸暨山地。《诸暨民报五周年纪念册》之“栗”条载：“山乡多产之，董村、花厅、毛家坞、火烧吴、朝马岭里外、王家店及巽坑下吴一带尤饶。”1993 年出版的《诸暨县志》“板栗”条载：“板栗主要分布在诸暨的东溪、斯宅、绿化等乡域。”

栗子的品种很多。《诸暨民报五周年纪念册》记：“曰七月乌，八月乌（亦曰桂花栗），九月乌，以时别之也。又有珠栗、大栗、毛栗、柴栗、板红栗、魁栗、有光栗、烂头栗诸种。板红栗、魁栗、有光栗最上，柴栗、毛栗、烂头栗最下。”

诸暨栗子早年主要销往杭州、上海，随行就市。《诸暨民报五周年纪念册》记：

“销售杭沪临绍，光绪三十年间银一圆十斗，民国初年七斗，今仅一斗。”

经过历年汰选及自然演化，板栗成了诸暨栗子中的优良品种。而且种植面积渐增。

板栗是很古老的优良品种，李时珍在《本草纲目》中就写道：“栗之大者为板栗。”《诸暨市林业志》载：“板栗属壳斗科，为落叶乔木，是我国特产一种优良干果树种，是我市名优产品。栗树花单性，雌雄同株，5月中旬至6月上旬开花，果实9月成熟。栗树适应性强，多数山地均可栽植，较抗旱、耐瘠、产量较稳定，素有‘铁杆庄稼’之称。栗果营养丰富，味美可口，是良好的副食品。”

《诸暨县志》又载：“诸暨板栗颇具声誉。诸暨板栗……主要品种除毛板红外，有晚栗、油板红和魁栗，以毛板红为最佳。板栗不与粮棉争地，一年种，多年收，一般产量比较稳定。栗果味美可口。民国初年，诸暨板栗年产量有5000—7000担。民国二十二年（1933），产6000担。1987年，产板栗505吨。1987年，面积9604亩，24.6万株。”

诸暨毛板红，从培育到通过鉴定，也经历了二十余年时间。《诸暨县志》载：“1964年2月，承担省《板栗良种选育》科研课题。

1987 年，新培育的‘毛板红’的优良性状通过省级鉴定。”《诸暨市林业志》载：“毛板红：原产地视北乡朱砂村，1964 年选育获得，1971 年开始推广，1987 年通过省级鉴定确认良种。”

毛板红优点很多，推广性强。《诸暨林业志》载，毛板红“其优点：适应性强，树形矮化，高 3 至 4 米，树体结构紧凑、冠幅小，仅 3.5 至 4 米，可密植。结果早，丰产性能好，一般 5 年始产，10 年进入盛产期，冠幅投影面积每平方米产量在 0.5 公斤以上。7 年生毛板红亩产达 191.5 公斤，大、小年差距为 10% 至 20%。颗粒大小适中，较均匀，平均每公斤 60 至 80 粒，最大每公斤 34 粒，色泽美观、商品性能好，具有质糯、味甜、桂花香味等特点，宜于加工，亦较耐贮藏。”

于是，毛板红很快开始向全国各地推广，先后推广到河北、湖南、江西、福建、安徽等地和浙江省大部分县，栽培面积达 3 万亩以上，成为栽培面积最多的板栗品种。

薏苡笔记

薏苡是一种被神化了的植物。

薏苡是植物的果仁。白色的果仁，核心间有淡青色，这便是“薏”了。《神农本草经》载，薏苡“形似珠而稍长”。

自古便有“神珠薏苡”一说。传说，大禹的母亲吞服“神珠薏苡”后，受孕生下大禹。据《史记·夏本纪》载：“禹母修己见流星贯昴，又吞神珠薏苡，胸坼而生禹。”王充在《论衡》中，也认为大禹的母亲修己，因吞服薏苡而生了身高九尺二寸的大禹。”《吴越春秋》中也有类似记述：“有莘氏之女，得薏苡而吞之，生禹。”

薏苡似珠，史上还因此引出一段奇冤。说的是东汉名将马援，奉汉光武帝刘秀之命，远征交趾。北军不适南国水土，军中染瘴者甚众，马援在当地民医的指导下，用薏苡疗疾，士兵因此得愈。待马援平定南疆凯旋时，带回几车薏苡药种。谁知马援死后，朝中有人诬告马援在南面大肆搜刮民间珠宝，其中有几大车明珠。这一段在《后汉书·马援列传》中有记："初，援在交趾，常饵薏苡实，用能轻身省欲，以胜瘴气。南方薏苡实大，援欲以为种，军还，载之一车。时人以为南土珍怪，权贵皆望之。援时方有宠，故莫以闻。及卒后，有上书谮之者，以为前所载还，皆明珠文犀。马武与於陵侯侯昱等皆以章言其状，帝益怒。援妻孥惶惧，不敢以丧还旧茔，裁买城西数亩地槁葬而已。宾客故人莫敢吊会。严与援妻子草索相连，诣阙请罪。帝乃出松书以示之，方知所坐，上书诉冤，前后六上，辞甚哀切，然后得葬。"这就是"薏苡之谤"一典的由来。以此，"薏苡"多了一层无端受人诽谤而蒙冤的意思，诗人骚客便以此入诗，以浇块垒。

元稹在《送崔侍御之岭南二十韵》中有句："珠玑当尽掷，薏苡讵能谗？"杜甫《寄李十二白二十韵》有句："稻粱求未足，薏苡谤何频？"白居易《得微之到官后书备知通州之事怅然有感因成四章》中对此写得更为直接："侏儒饱笑东方朔，薏苡谗忧马伏波。"

沈尹默曾诗赠张大千，其中有句："三年面壁信堂堂，万里归来须带霜。薏苡明珠谁管提，且安笔砚写敦煌。"点到张大千遭谤一事。民国三十二年（1943）秋天，张大千完成敦煌绘事，回到成都昭觉寺，举行了“临摹敦煌壁画展”，很是轰动。作为大千先生的朋友，画展后，沈默尹以诗相赠。当年，张大千“三年面壁”，不辞万难艰辛，临摹敦煌壁画，弘扬敦煌艺术，但颇多传言张大千弘扬艺术是假，敦煌盗宝是真。窦景椿是于右任当年访问敦煌时的随员，窦在晚年，有纪念张大千的文字问世，其中写到了“受谤”一事：“当时，有人‘欲求大千之画未得，遂向兰州某报通信，指称大千先生有任意剥落壁画，挖掘古物之嫌，一时人言啧啧，是非莫辨’。”另有说法，杨宛君（张大千夫人）还夹带了一只死人手骨回到成都。这一节，高阳先生写入《梅丘生死摩耶梦·张大千传奇》中。

薏苡还是一味具有较好疗效的中药，早在《神农本草经》中就有记载。唐代医籍《食医心镜》中写道：“薏苡仁粥治久风湿痹，补正气，利肠胃，消水肿，除胸中邪气，治筋脉拘挛，薏苡仁为末，同粳米煮粥，日日食之，良。”李时珍在《本草纲目》中说：“薏苡仁属土，阳明药也，故能健脾益胃……”薏苡煮粥，药效更佳。《本草纲目》有“消渴饮水，薏苡仁煮粥食之”的记载又说：“薏苡仁粥除湿热，利肠胃。”

北宋张师正在《倦游录》一书中，有薏苡疗疝疾的记载，说的是南宋著名词人、抗金志士辛弃疾：“辛稼轩忽患疝疾，重坠大如杯。一道人教以薏珠用东壁黄土炒过，水煮为膏服，数服即消。程沙随病此，稼轩授之亦效。”按现在中医理论理解，疝气，乃水湿下注所致，取薏苡健脾利湿之功。

远志

东晋名士谢安本欲归隐山林，迫于“严命屡臻”，便出任征西大将军桓温府的司马。当时，有人给桓温送来一些草药，其中有一味远志，桓温拿过远志问谢安，远志又叫小草，为何一物而有两种称谓？当时，坐在一旁的一位名叫郝隆的幕僚接过话头，答道，这很容易回答啊，“处则为远志，出则为小草”，意思是说，隐于山中为远志，出得山则为小草。谢安听后面露愧色，桓温也笑着对谢安说，郝隆这样解答确实也不坏，值得回味。

这是《世说新语》中的一则笔记。余嘉锡在《世说新语笺疏》中对此是这样评说的：“远志之与小草，虽一物而有根与叶之不同。叶名小草，根不可名小草也，郝隆之答，谓出与处异名，亦是分根与叶言之。根埋土中为处，叶生地上为出，即协物情，又因以讥谢公，语意双关，故为妙对也。”说得颇有意味。

“处则为远志，出则为小草”算是妙对，不过，在一些古籍中，也有说此出于谢安之口，李时珍在《本草纲目》中也持此说：“世说者谢安云：‘处则为远志，出则为小草。’”持此说还有日本冈元凤的《毛诗品物图考》、清徐鼎的《毛诗名物图说》等。

宋朝苏颂在《本草图经》描述，远志“根黄色，形如蒿根，苗名小草，似麻黄而青，又如荜豆。叶亦有似大青而小者。三月开花，白色，根长及一尺。四月采根、叶，阴干”。

长在川谷而名远志，另有因缘。宋《大观本草》写道：“远志，益智慧，不忘，强志，倍力，利丈夫，定心气，久服轻身不老，好颜色，延年。生太山及宛朐川谷。”

李时珍在《本草纲目》中说得更直接："此草能益智强志，故有远志之称……《记事珠》谓之醒心杖。"名实相符的一种草药，将远志说成是"醒心杖"则更见悠远。

远志味虽苦，古代遇到荒年还是可以用来疗饥的。《救荒本草》中写到了"远志"的疗饥方法："采嫩苗叶炸熟，换水浸去苦味，淘净，油盐调食。及掘取根，换水煮浸，淘去苦味，去心，再换水煮极熟，食之。不去心，令人心闷。"

"不去心，令人心闷。"一句是一句，古说就是如此经典而耐人寻味。

蓼蓝

江南水乡小镇，常满街都飘扬着蓝色。蓝印花布似乎是江南小镇的一个符号，一种象征。这种蓝是从一种叫蓼蓝的植物中提取汁液浸染而成。

江南小镇被蓼蓝所浸染。

蓼与蓝组合的植物，有点意思。春天三月，江南随处可见蓼蓝，到了五、六月间，蓼蓝开出细花，紫红色，或是紫红与白相间，叶片似蓼草，尖而棱形，呈现绿色。李时珍在《本草纲目》中写道："蓼蓝，叶如蓼，五六月开花，成穗细小，浅红色，子亦如蓼……"

蓼蓝绿色的叶片中含有一种叫蓝母的成分，在碱性环境浸泡和空气中氧化后，便会成为蓝色的液体，沉淀后，便是蓝染料，称为蓝淀。由蓼蓝的叶片中提出蓝淀，过程就叫作制蓝。

制蓝是一种古老的民间工艺。《齐民要术》中有较为详细的记述："刈蓝倒竖于坑中，下水，以木石镇压令没。热时一宿，冷时再宿，漉去荄，内汁于瓮中。率十石瓮，着石灰一斗五升，急抨之，一食顷止。澄清，泻去水，别作小坑，贮蓝淀着坑中。候如强粥，还出瓮中，蓝淀成矣。”

挖坑有讲究。需在七月暑天动工，大小在刚好能贮百来把蓼蓝为宜，还要用麦秸杆捣熟后与泥和在一起，涂抹在坑底和坑的四壁，涂抹的厚度不能薄于五寸，后再覆以草叶。是为“七月中作坑，令受百许束，作麦泥泥之，令深五寸，以苫蔽四壁”。

蓼蓝制成的蓝很受百姓喜爱，成为江南民间服饰中最为普及，应用最为广泛的流行色。蓝印花布荡漾于江南，还有衣裙、被褥、枕头、头巾、背包等。除了江南汉族，苗、瑶、侗等民族至今仍有使用蓼蓝加工扎染、蜡染民族工艺品的。

作为染料，古老的蓼蓝自然是经济价值很高的植物。《齐民要术》中写道：“种蓝十亩，敌谷田一顷。能自染青者，其利又倍矣。”

古老的江南大地曾大片种植蓼蓝。

贾思勰在《齐民要术》中还列有种蓝的专章，写得详尽具体且现场感很强，可作种蓝指南：“蓝地欲得良。三遍细耕。三月中浸子，令芽生，乃畦种之。治畦下水，一同葵法。蓝三叶浇之。晨夜再浇之。薅治令净。五月中新雨后，即接湿耧耩，拔栽之。”

蓼蓝的种植节令很重要，东汉崔寔在《四民月令》中也写道：

“榆荚落时，可种蓝。”榆荚落时当在五月间。最宜三株栽一丛，每丛相距八寸左右为宜。下栽时土壤需潮湿，种植前土壤需翻锄五遍以上，保持泥土空气通透，便于根须生长。

进入多彩时代，蓝作为民间的日常主色调，已渐渐远去了，蓝印花布代表的更多是对于江南或者遥远岁月的回忆，蓝也就成了一种符号或象征。

在江南小镇，买回了一些蓝印花布和其他制品，送给了喜欢南方的朋友，朋友来信说，将一块印有花鸟图案的蓝印花布，装在本色的木质画框里，挂在了书房。书房一侧的墙上正好有一块留白，与同样是本色的木质书柜在一起，蓝印花布与环境很协调。

朋友在信中说，看书看到夜深，端着茶杯，站着看一会，好像眼前的不是蓝印花布，而是一株安静的植物，一株叫作蓼蓝的植物，还可以在书房里闻到遥远植物的气息，清新又安静。那是遥远的南方。

晚秋的柿树

晚秋气爽，进入山野，老远便可看到长在坡上、地头、房前屋后的柿树。秋天辽阔，越发显出柿树的高大。柿树的叶片在秋风吹拂下飘飘而落，丰硕的柿子倒是在秋风中由青而黄而泛红，慢慢地成熟着，渐似盏盏悬于晚秋中的灯笼。

看着晚秋的柿树，想着柿树的好处。

柿树好处很多，古人说有七种。这种说法，最早出现在唐朝段成式《酉阳杂俎》一书中，是这样说的："柿有七绝：一多寿，二多阴，三无鸟巢，四无虫蠹，五霜叶可玩，六嘉实可啖，七落叶肥大可以临书。"古人对植物的观察、了解真是细致入微，对柿树好处的说法准确而精到。

大凡在山村生活过的人，都会有夏日在柿树底下乘凉的记忆。

夏日的柿树枝叶发达，叶片茂密如盖，遮掉了夏日炎炎的阳光。午餐时，端出一张小方桌，放到庭园中的柿树底下，家人围坐在一起，边吃饭边谈着天，有风吹过，暑气被吹走了。在烈日下耕作的村民，也会来到田间地头的柿树下，喝几口茶水，靠着树歇上一会。柿树多阴，古籍中自有记载，宋黄休复在《茅亭客话》中写道：“园中有一柿树，夏中团坐十余人，敷张如盖，无暑气云。”

至于柿叶临书，那是古人的事了，现代社会造纸业发达，没有人还会以飘落在地的柿叶代纸了。明朝周文华在《汝南圃史》中载："柿叶多猬，而枯叶则润泽，古人取以临书……"有一个传说，说的是唐代名士郑虔柿叶临书的故事。郑虔家贫，学书而苦于无纸，每到晚秋，便入住慈恩寺僧房，慈恩寺中有一大柿树，树冠如盖，布满整个寺院，郑虔每天便捡拾飘落在地的枯柿叶习字，数年如一日，终于有成，成为唐朝著名的大书法家。

晚秋的柿树，挂着灯笼一样的果实，看上去已经成熟，但还不能直接食用，一般需要经过脱涩处理，才能让人品味到柿子鲜美的味道。柿子的脱涩方法很多，古籍中也有不少记载，宋欧阳修在《归田录》中便写有一法："凡百十柿以一榠楂置其中，则红熟烂如泥而可食。"张岱在《陶庵梦忆》中也介绍了一法："柿大如瓜……则涩勒不可入口，土人以桑叶煎汤，候冷，加盐少许，入瓮内，浸柿没其颈，隔二宿取食，鲜磊异常。"如今民间，使用最为普遍的柿子脱涩法是欧阳修的那种"仁果类混入脱涩法"。采下的柿中，放入几枚苹果或野生猕猴桃之类，不久柿子就"果肉柔软""烂熟如泥"。

无涩味，无核，味美，才为柿中上品。古人对此很有研究，认为这与柿树的嫁接有关，嫁接得法，是可以无核的。明徐光启在《农政全书》中便有记载：“冬间下种，待长移栽肥地，接及三次则全无核。”《花镜》中写道：“或取好枝于软枣根上接最妙。大凡柿接三次过，则核全无矣。”这样说法是否有效，待考。

将晚秋的柿树入诗者也不少。陆游咏柿的诗句有“九月十九柿叶红，闭门学书人笑翁”，“江村连夜有飞霜，柿正丹时橘半黄”。苏东坡《睡起》诗：“柿叶满庭红颗秋，薰炉沉水度春篝。松风梦与故人遇，自驾飞鸿跨九州。”张籍的《岳阳晚景》诗中有句：“洲白芦花吐，园红柿叶稀。”

最喜欢还是早年曾经吟咏过的一首民间儿歌：

一盏小灯笼，两盏小灯笼。
我家后院有棵树，挂着许多小灯笼。
西风紧，露水浓，树叶片片落，灯笼盏盏红。
爷爷前来收柿子，笑脸照得红彤彤。

秋风萧瑟，晚秋的柿树则是丰盈着的。

开到荼蘼

宝玉生日，在怡红院设夜宴，大观园群芳围着一张花梨圆炕桌，轮流抽签占花名吟诗斗酒，以花喻人，甚是有趣。单说麝月抽到的签上，画着一枝荼蘼花，上有“韶华胜极”四个字，边上还写有一句旧诗“开到荼蘼花事了”，并注“在席各饮三杯送春”。这是曹雪芹在《红楼梦》第六十三回“寿怡红群芳开夜宴”中写到的一桩花事。

曹雪芹所引的那句旧诗，出自宋朝诗人王淇《春暮游小园》一首，全诗是这样的：

一从梅粉褪残妆，涂抹新红上海棠。

开到荼蘼花事了，丝丝夭棘出莓墙。

诗人写了暮春的花事，梅花已经谢去，海棠还在盛开，待到荼蘼花开了，春天就要逝去了，只有酸枣树的叶片又长出莓墙。

曹雪芹的隐喻是显而易见的。麝月是宝玉的随身丫头，抽到的是一签凄美、伤感。“韶华胜极”过后是无可奈何的群芳谢去。宝玉接过麝月签，当时便愁上了眉头，他明白背后隐示着什么。曹雪芹是这样写的：“麝月问：‘怎么讲？’宝玉愁眉，忙将签藏了……”

瓜饭楼主冯其庸先生在评批荼蘼签时，直接便在“开到荼蘼花事了”诗旁写下了“直注麝月后事”。麝月是服侍宝玉的最后

《红楼梦》人物

一个丫头，麝月的后事也隐喻着宝玉的后事。这只签，埋下了伏笔，暗示了宝玉和贾府的没落。

在唐诗宋词中，荼蘼的象征意味显而易见。开到荼蘼，喻示着春天将尽，百花谢去，所谓开到荼蘼群芳尽。苏东坡在《杜沂游武昌以荼蘼花菩萨泉见饷》一诗中便有句："荼蘼不争春，寂寞开最晚。"与苏东坡同朝的任拙斋在《荼蘼》一诗中写道："一年春事到荼蘼，香雪纷纷又扑衣。尽把檀心好看取，与留春住莫教归。"

南宋女词人吴淑姬有《小重山》一词：

谢了荼蘼春事休。无多花片子，缀枝头。庭槐影碎被风揉，莺虽老，声尚带娇羞。

独自倚妆楼。一川烟草浪，衬云浮，不如归去下帘钩。心儿小，难着许多愁。

宋代管鉴有《朝中措·立夏日观荼蘼作》一词，写道："一年春事到荼蘼，何处更花开。莫趁垂杨飞絮，且随红药翻阶。"辛弃疾作《满江红·饯郑衡州厚卿席上再赋》词："莫折荼蘼，且留取、一分春色。"

荼蘼

《本草图谱·卷之二十五》

李渔是清供玩家，对荼蘼也颇有兴趣，在其《闲情偶寄》中说："荼蘼之品，亚于蔷薇、木香，然亦屏间必须之物，以其花候稍迟，可续二种之不继也。"只是在读了"开到荼蘼花事了"句时，也是不免伤感之叹："每忆此句，情兴为之索然。"王菲演唱的《开到荼蘼》一曲，也隐含凄美之意，有句："心花怒放，却开到荼蘼。"

虽有开到荼蘼花事了，不过荼蘼花的影响是久远的，尤其荼蘼花散发出来的清香，一直缭绕，余香缠绵不去。花开时，可折下花朵夹入书页，入冬再开便有余香流出。对此，《广群芳谱》有载，荼蘼"香微而清，盘作高架，二、三月间烂熳可观，盛开时折置书册中，冬取插鬓，犹有余香"。

《清异录》中有"花腊"条，写的也是荼蘼余香不绝："脂粉流爱重荼蘼，盛开时置书册中，冬间取以插鬓，盖'花腊'耳。"

清代褚人获有《荼蘼露》一篇，说荼蘼露"琼瑶晶莹，芬芳袭人，若甘露焉，夷女以泽体腻发，香味经月不灭"。这是荼蘼花上凝结的露水，收集提炼后制成了香水。

开到荼蘼花事了，荼蘼的馨香却沁入生活之中，经久不了。

五泄有楠木

五泄楠木生长在五泄西源峡谷。《诸暨乾隆县志》载："珠林在五泄山。"《五泄山志》考释："据考证，珠林即西源之楠木林。"《五泄山志》还写道："西源的薄叶润楠（华东楠）群落分布之广和壮丽挺拔的树姿，不但构成景区植被的一大特色，而且是华东地区所罕见。"

我更喜欢从后入口进入西源峡谷，即从一洩而至刘龙坪，翻越紫微岭，进入西源峡谷。西源峡谷全长约 3 公里，蜿蜒而曲折，两边山坡连绵起伏，坡上植物葱翠，山溪贯穿整个峡谷，缘谷而流，溪水清冽，溪底有卵石、细砂，还有落入溪中植物的断枝残叶，碎石铺就的路径缘溪而伸展着。阳光在峡谷中显得珍贵，夏天，溪水清凉，有风吹过，凉风习习。

进入峡谷中段，两边山坡上便有楠木出现，开始是不多的几株，有些零落，接着便开始密集起来，布满了山坡，散落到了路边溪畔，接着便又稀疏起来，这便是两头有些疏落、渐至中段而茂密的五泄楠木林。

楠木是生长在南方的一种珍稀植物，李时珍《本草纲目》之“楠”条载：“南方之木，故字从南。”楠木在植物丛中，显得有点招人。主干挺直、高、叶阔而厚，常青，因而秀见于林，又能开花结果。还是李时珍的《本草纲目》：“楠木生南方……其树直上，童童若幢盖之状，枝叶不相碍。叶似豫章，而大如牛耳，一头尖，经岁不凋，新陈相换。其花赤黄色。实似丁香，色青，不可食。干甚端伟，高者十余丈，巨者数十围……”《尔雅》是这样解释的：“楠，大木，叶如桑也。”

楠木耐水，“性坚而善居水”，亦是古时造船佳木。因为楠木木质的特性，在南方，楠木成为棺木的首选，《清朝野史大观》之“清代述异”专列“楠木棺”一章。《红楼梦》中秦可卿的楠木棺材，被曹雪芹描述为“纹若槟榔，味若檀麝，以手扣之，声如玉石”。

楠木还有药理作用。陈藏器的《本草拾遗》曰：“味苦，温，无毒。主霍乱，煎汁服之。”它还能治理足部水肿，李时珍开出的是这样的方子：“削楠木煮水泡脚，并饮此水少许，每日如此，

直至病愈。”此外，楠木还可以治疗耳疾，“耳出脓，用楠木烧存性，研末敷耳内”。名医的方子，有时看起来也似民间土方。

杜甫写过一首《病楠》诗，写得有意思：“犹含栋梁具，无复霄汉志。良工古昔少，识者出涕泪。”有识之士年轻时弃之不用，是很容易变老而病的。如今楠木却是受到国家保护的珍稀植物。

楠木种类很多，五泄的这片楠树林，主要生长着三种品类。《五泄山志》载：“紫楠、红楠、华东楠三种。”紫楠、红楠是楠木种类中的上品。其木质坚硬耐腐，纹理淡雅，基本无收缩性，不蛀且有幽香。古代重要建筑，以及上等家具，均以楠木为主料。《本草纲目》载：“为梁栋、器物皆佳。盖良材也。色赤者坚，白者脆。”《儒林外史》第十八回，写到匡超人与景兰江一道来到前辈当过尚书的胡三先生家，匡超人感到眼前甚是排场：“匡超人举眼看见中间御书匾额‘中朝柱石’四个字，两边楠木椅子。”

五泄有楠木。因树龄不一，林中楠木亦是粗细高矮有别。《五泄山志》载，西源的高龄楠木在百年以上，其珍稀古树目录中有“红楠”条：“红楠，树龄在120年以上，树高13米，胸围108厘米，冠幅8米左右。”

生长楠木的五泄及其西源峡谷，是受到国家保护的一块胜地。

雨打芭蕉

李清照写过一首关于芭蕉的词，题目是《添字采桑子》，其中写道："窗前谁种芭蕉树？阴满中庭。阴满中庭，叶叶心心，舒卷有余情。"其时，词人南迁，家破国亡集于一身，便借芭蕉宣泄郁结于内心深处的伤痛与悲情愁绪。

南宋词人吴文英在《唐多令》中有句："何处合成愁？离人心上秋。纵芭蕉，不雨也飕飕。"

《红楼梦》第四十五回，写到黛玉身体欠佳，独自在潇湘馆中歇着，"歪在床上"，傍晚日落时，便下起了雨。窗外植有几株芭蕉，其时，园内万籁俱静，雨滴落在阔大的蕉叶上，发出清寂的声响，"雨声淅沥，清寒透幕"。雨打芭蕉，不免使本来便善愁的黛玉，"更觉凄凉"，"不觉又滴下泪来"。

广东音乐中的名曲《雨打芭蕉》短促、急烈、顿挫、细碎的旋律，恰似雨滴落在芭蕉叶上的淅沥之声，在一片南国情调之中，也可以体悟到一种内在的凄美。

芭蕉似乎与孤独忧愁、离情别绪相联系，尤其雨中芭蕉。

遥想当年，在远离故乡的海疆从军。军营建在靠近海边的一座山坡上，建得有些零散，大多独立成园。记得园内墙角，多植芭蕉。芭蕉栽植往往零散，独立成丛，宿舍窗外，一丛硕大的芭蕉，枝茎高壮，扶疏似树，枝头探过二层楼面，绿色的叶片阔大，微微地弯曲着，看上去像是一个个巨大的扇子，如绿幕垂下，高舒垂阴，映掩着窗户，特别夏日，送来浓阴一片，炎炎之中便有阴凉。

阳光下，绿色洒进临窗的桌子上，桌上的书似乎也染上了芭蕉的绿色。有时看几页书，抬头看看芭蕉叶，眼睛会舒服许多。

雨天，营区静寂，雨滴落在芭蕉叶上，声音清脆，还传得遥远，在这淅淅沥沥的雨声中，常能勾起一些乡愁，让人想到遥远故乡的人和事。遇到晚上，雨打芭蕉，雨滴的声音，更显孤远，故乡的往事，特别清晰，入梦而至。这样的晚上，芭蕉叶片是信笺，雨滴是信笺上走笔时发出的声音，于是，原本放在心头的东西便会在雨打芭蕉声中渐渐清晰起来，躺在床上，难以入眠。

后来读古书，古人确有在芭蕉叶上作文写诗一说。唐朝诗人韦应物在《闲居寄诸弟》诗中写道：“尽日高斋无一事，芭蕉叶上独题诗。”以芭蕉叶为纸作书的，还有唐代怀素。怀素家贫，无钱置纸，便以蕉叶走笔，后成为大书法家。

芭蕉抽蕊时，叶片似开非开，呈卷状，看上去也很像一卷书信，且又嫩绿，古人便将其喻为“绿蜡”，意为芭蕉新蕊，卷而未舒，似一枝绿色的蜡烛。这样的比喻很有独到之处。

又要说到《红楼梦》，曹雪芹写到了“绿蜡”一说。第十八回，元妃省亲，在大观园作诗题匾。此前，园内“亭台轩馆，皆系宝玉所题”。元妃将宝玉所题的“红香绿玉”，提笔改成“怡红快绿”，“怡红院”就此得名。红的是海棠，绿的是芭蕉。后来，宝玉在作《怡红院》诗时，其中仍有“绿玉春犹卷”句，宝钗精得很，见状便让宝玉将“玉”字改成“蜡”字，以投元妃所好。后来宝玉《怡红院》诗中便有了这样一联：“绿蜡春犹卷，红妆夜未眠。”

宝钗还点出了“绿蜡”的出处，是唐朝诗人钱珝《未展芭蕉》一诗。全诗如是：

冷烛无烟绿蜡干，芳心犹卷怯春寒。

一缄书札藏何事，会被东风暗拆看。

少女红笺，随东风缓缓舒展。古时诗人意象与具象之间的和谐过渡实在是妙得很。

日本俳谐师松尾芭蕉，对芭蕉也是宝爱得很，常以芭蕉入诗入文，有一首《芭蕉诗》是这样写的：

芭蕉拂夜风，多少静星东。
总引人浓淡，青常墨煦空。

晚年其居所则取名“芭蕉庵”，庵中植芭蕉。那是一株老芭蕉，呈现老态，俳人在《移芭蕉辞》中有过描述：“其叶七尺，或大半吹折如凤尾，或全叶破败似青扇……独爱其为风雨易破之质也。”

漆树

在古代，漆树是一种很重要的植物。

在青铜器广泛应用以前，战争使用木制兵器，如甲盾、战车、长矛、弓箭等。工匠们在制作这些木制兵器时，最后一道工序是在木质外表涂上厚厚一层漆，使兵器更加坚硬、耐战、锋利。如此，漆树的地位便远高于其他植物。

春秋时代，国家广植漆树，并设置了官吏，专门管理漆树园林。庄子早年便担任过管理漆园的吏员。《史记·老子韩非列传》载："庄子者，蒙人也，名周。周尝为蒙漆园吏……"有人将漆园注为蒙城地名，诗人流沙河对此提出异议："旧说漆园乃邑地名，不是漆树园林，吾不取也。宋国国有漆树园林，想来不止一处，而庄周管理的这一处在蒙地，故称为蒙漆园……漆是重要物资，设置吏员管理国有漆树园林，当可理解。"

家具、农具、器什等木制日用品，涂上一层漆后，更加经久耐用，防蛀、防晒，还防潮等。

漆是漆树皮内含的树脂，呈黑褐色。故有“漆黑”一词。

漆树属落叶乔木，直而高大，可达 20 余米。南方山中常见，喜生长在背风向阳的坡面，怕积水，积水则易坏根，故而沙性土质为宜。漆树的木质在乔木中也属上品，坚硬、细腻，是制作家具的上好材质。

清朝吴其濬在《植物名实图考》一书中写道：“野漆树，山中多有之。枝干俱如漆，霜后叶红如乌桕叶，俗亦谓之染山红。结黑实，亦如漆子。”经霜的漆树，红叶黑干，江南晚秋一景。

漆是自然界中超强的过敏源，过敏体质者，遇漆即皮肤红肿、痒痛，还可能出现口腔溃疡、呕吐、腹泻，严重者可发生中毒性肾病。

漆树的叶还有花果，可入药，有止咳、消瘀、通经、杀虫之效。

诸暨也是漆树盛产地，以诸暨西北部为甚。据《诸暨林业志》载，全县“27 个乡种植 70 万株，计 4300 亩，其中大西区种植最多，计 1682 亩”。20 世纪 60 代中叶，时任浙江省委书记江华视察诸暨大西区上峰乡上河村的漆树林，说：“小木漆要大发展。”

割漆树皮取脂汁，一般在夜晚。《植物名实图考》一书中写道：“漆，山中多种之。斧其木以蛤盛之，经夜则汁出。”也可清早割取。

最佳时间段在夏至到白露之间，下雨天应停止割取。《诸暨林业志》载："选无风晴天早上6时开割到8时半停止，6时半开始收漆，每隔2至3天割一次，每株树，每年一般可割20次。"

漆的产量不高，加之漆价偏低，影响了农人种植的积极性。据《诸暨林业志》载："漆价：1947年五斗麦换0.5公斤，1977年每公斤为64至70元，1987年每公斤40到50元。"

而今，原始的漆作为涂料也已经被化工产品所取代了，漆树也就渐渐淡出了业界。

书带草

书带草，是很让人喜爱的一个植物名。是植物，与书相关，则更让人喜爱。

书带草是很古老的植物，古老的东西往往多有出典。

还是从这个好听的名字说起。李渔在《闲情偶寄》中载：“书带草其名极佳，苦不得见。《谱》载出淄川城北郑康成读书处，名‘康成书带草’”李渔所记郑康成即郑玄，东汉学者，经学大师，曾官至司农一职，又名郑司农。辞官后回到故乡，以著述讲学为业，曾为《易》《诗》等经典作注，在山东淄川城北康成书院讲学时，“所居山下草如薤，叶长尺余许，坚韧异常”，且凌冬不谢，郑玄便采其长茎，用来捆扎书籍，本来有些凌乱的书籍，便整齐有序。“康成书带”“书带草”一名便由此而出。

民间对书带草还存一说。古时，一穷书生到一富人家借书。富人指一柜书说，你随便拿，但没有扁担、绳子。书生忽见门外

麦门冬

《本草图谱·卷之十七》

阶下长有一植物，其叶长似带，遂将书结之背回，从此这种植物便被唤作“书带草”。

书带草又是一种很平常的植物，江南随处可见。属常绿多年生草本，根须发达，珠状，初夏叶间抽花轴，上部开花，六瓣，形小，淡紫色，花后结碧色细果。

清代园艺名著《花镜》是这样记述的：“书带草一名秀墩草。从生一团，叶如韭而更细长，性柔韧，色翠绿鲜润。出山东淄川郑康成读书处，近今江、浙皆有。植之庭砌，蓬蓬四垂，颇堪清玩。若以细泥常加其中，则层次生高，真如秀墩可爱。”

书带草因长得细而紧密，浓绿似墨，凌冬不谢，便成为绿化上品，在一些主街道两边的绿化带，常可以看到成片的书带草，绿团锦簇，绿意葱茏。车前子在《怡园：2004.3.29》中对此有过生动描述：“几棵梅树，树下茂盛的书带草。茂盛得仿佛是一亩又一亩，没地才长，只能堆着长，竟抱成了团。”

书带草也是点缀园林、庭园的上好植物。常可以在花前、水畔、石间还有阶下看到书带草“蓬蓬四垂”的绰约风姿，很是相得益彰。这也是别的植物所难以替代的。所以书带草还有一个好听的名字，叫沿阶草。

园林大师陈从周先生特别喜爱书带草，常常拿书带草说事，他的一本散文集还取名《书带集》，并在“后记”中特别写到对书带草的喜爱：“书名定为《书带集》，因为书带草是江南园林中最常见的长绿草，算不了什么，但又少不了它。”

陈先生作为一代园林大家，在《天意怜幽草》一文中，较为详尽地说出了书带草在园林中不可替代的位置，并给予了高度赞美：“我尤其爱这墙阴石隙间的书带草，它谦虚地愿做造园中的配角，因风披拂，楚楚有致，发挥了园林中不可思议的作用，如今我们将它群植了，一片葱翠在华丽的大楼下，在树底花前，已成为土地上覆盖最好的植物。我爱这种草，曾用它来做我小集之名。它终年长青，不畏炎热，不怕严寒……它适应性特别强，真是无处不宜。过去园林中用它来‘补白’，来修正假山的缺陷，花径的平直……而那些稀疏地点缀在小景旁的，则又那么潇洒自如，有兰叶的秀劲，而无其娇养的贵态……”可谓是写尽了书带草的风致。

书带草作为植物，因此便蕴含了更多的书香墨意和人文气息，千年流芳。李白有“书带留青草，琴堂幕素尘”，苏东坡有“庭下已生书带草，使君疑是郑康成”的千古诗句。王世贞也有“仍栖故垒学庚桑，书带沿街薜荔墙”一句。

书带草珠状的根须，叫麦冬，还是一味很重要的常用中药，在我国古医籍中均有详尽记述。

当归谣

当归是一味中药。草本植物，还会散发出一种芳香味。李时珍在《本草纲目》中将其列入“草部”之“芳草类”。在中药图谱中见过，它的枝叶上还有开出的花，有点像菜园子里的芹菜，当归开花是在夏秋之间。

《尔雅注疏》中当归的别名为山蕲。当归名字的由来，有三种说法。当归的主产地自古在甘肃岷县一带。唐朝时，岷县一域叫“当州”，因唐以前这一带为“烧当羌”部族居住之地，这种植物也因此得名当归。

第二种说法源自宋代陈承《本草别说》，其中说道：“（当归）使气血各有所归。恐当归之名，必因此出也。”

还有一种说法出自李时珍的《本草纲目》，与第二种有些类似：说古人娶妻为的是生儿育女，中药当归的重要功效是调理血气，是治疗女性疾病的良药。李时珍以为，当归一名，颇合唐朝民间诗人葛鸦儿《怀良人》一诗的诗意，诗是这样写的：

蓬鬓荆钗世所稀，布裙犹是嫁时衣。
胡麻好种无人种，正是归时底不归？

按个人喜好，更倾向于李时珍一说。当归这味药的意蕴从此在古诗文中时可读及。《晋书·五行中》：“魏明帝太和中，姜维归蜀，失其母。魏人使其母手书呼维令反，并送当归以譬之。维报书曰：‘良田百顷，不计一亩，但见远志，无有当归。’”

唐朝张说有《代书寄吉十一》一诗，其中有句：“口衔离别字，远寄当归草。”苏轼在《寄刘孝叔》诗中也写到了当归：“故人屡寄山中信，只有当归无别语。”清末黄遵宪《将至梧州志痛》一诗，有句：“殷勤看行箧，在日寄当归。”

胡兰成《禅是一枝花》一书的第六十四则，也写到了当归：“《隋唐演义》里杨义臣送函于谁，惟致枣二枚，当归与糖一两，意思叫他早早归唐。”

有一首流行歌曲题目便叫《当归谣》，经歌唱家关牧村深情演绎，传遍大江南北，深入人心。关牧村唱得浑厚，底气很足，荡气回肠。歌词也写得好：

当归哟当归，大陆的当归！
生在故乡的山，长在故乡的水。
手捧当归望明月，隔海思乡两行泪。
当归哟当归，亲人哟望回！祖国望归！

当归哟当归，大陆的当归！
像酒一样醇香，像蜜一样甘美。
盼望祖国快统一，五星红旗映朝晖。
当归哟当归，儿女哟当归！台湾当归！

红豆树

有些植物本身的属性，往往不被人们重视，被看重的却是植物以外的人文属性，比如红豆树。

红豆树又叫相思树。红豆树结下的果实便是红豆，又称相思子，晶莹红亮，久存而不蛀，且色泽更为幽暗油亮，人们历来把它视为“植物宝石”，民间便有了将红豆镶嵌在戒指、耳环等饰物上的风俗。古代青年男女还把红豆作为珍贵爱情得信物，相互馈赠。

红豆树生长在遥远的南国岭南。有唐朝诗人王维的《相思》一首为证：

红豆生南国，春来发几枝。
愿君多采撷，此物最相思。

在距今 300 年以前，在江南常熟的一棵红豆树下，有一段男女情事，流传悠远。这棵红豆树生长在常熟白峁的“红豆山庄”。那年，一场大火，烧毁了常熟城里的绛云楼。绛云楼是明末清初学者钱谦益的故家，于是，隐退故里的钱谦益便偕红颜知己柳如是来到了城外的白茆，入住在钱的外婆家顾家的私宅红豆山庄。顾家也是常熟望族。

钱柳伉俪来到红豆山庄时，那株红豆树已经大可合抱了。据史志记载，红豆树是钱的舅父早年从海南移植而至的。钱柳的到来，引来了江南无数的文人骚客，红豆山庄也随着诗文而名声远播。后来发生在红豆树上的一桩奇事，更使这株红豆树具有了植物以外的人文属性。在钱谦益八十岁那年，已经二十多年没有开花结实的红豆树，竟繁花齐放，一树锦绣。而繁花谢去后，仅结下一颗红豆，“赤如樱桃”，“匀圆琥珀红”。

这桩红豆花事，被钱柳视为吉兆，尤其柳如是，将硕果仅存的那颗象征爱情的相思豆，作为八十寿礼，献给了白发夫君。钱谦益手握相思豆，大喜过望，写下诗篇，其中一首题为“红豆树二十年复花，九月贱降时结子才一颗，河东君遣童探枝得之，老夫欲不夸为己瑞其可得乎？重赋十绝句，示遵王，更乞同人和之”，诗题有些长，却是钱谦益的真实心境：“院落秋风正飒然，一枝红豆报鲜妍”，“春深红豆数花开，结子经秋只一枚”，“秋来一颗寄相思，叶落深宫正此时。舞辍歌移人既醉，停觞自唱右丞词”。

随着钱柳的弃世，白茆红豆树以及红豆山庄也沉寂下来。它们再次引起文人的关注，则要等到距钱柳弃世近 300 年后的 1932 年。

1932 年，常熟白茆红豆树再次开花，并结下红豆。1938 年，其中的一颗红豆被一位大学者所得，成就了我国学术史上的一段史话。这位大学者便是陈寅恪，时任西南联大教授，寓居在云南昆明。在一次访书时，偶得这颗来自红豆山庄的红豆。

陈寅恪后来在《柳如是别传》的“缘起”中写到当时在昆明得到红豆的心境：

> 丁丑岁，芦沟桥变起，随校南迁昆明，大病几死。稍愈之后，披览报纸广告，见有鬻旧书者，驱车往观。鬻书主人出所藏书，实皆劣陋之本，无一可购者。当时主人接待殷勤，殊难酬其意，乃询之曰：此诸书外，尚有他物欲售否？主人踌躇良久，应曰：曩岁旅居常熟白茆港钱氏旧园，拾得园中红豆树所结子一粒，常以自随。今尚在囊中，愿以此豆奉赠。

> 寅恪闻之大喜，遂付重值，借塞其望。

陈作为史学大家，自然熟稔发生在晚明的钱柳情事，在史学家面前，红豆象征的是那桩发生在红豆树下的钱柳史话。陈寅恪颇为赏识柳如是的才情，特别是对其在易代之际“不事二主”的独立精神，使史学家看到了气节。从此也就有了为柳如是写小传的念头。

《柳如是别传》的“缘起”中还有这样的话，可以佐证陈先生当时内心的想法：

> 自得此豆后至今岁忽忽二十年，虽藏置箧笥，亦若存若亡，不复省视。然自此遂重读钱集，不仅借以温旧梦、寄遐思，亦欲自验所学之深浅也。

从偶得红豆到《柳如是别传》的完成先后经历二十余载，而且晚年陈先生已经失明，全靠卓绝、渊博的学识和超强的记忆。陈先生后来还专门写了一首吟咏红豆的诗篇，诗题便是《咏红豆》，还有小序一篇，对此写得十分明白：

咏红豆（并序）

昔岁旅居昆明，偶购得常熟白茆港钱氏故园中红豆一粒，因有笺释钱柳因缘诗之意，迄今二十年，始克属草。适发旧箧，此豆尚存，遂赋一诗咏之，并以略见笺释之旨趣及所论之范围云尔。

东山葱岭意悠悠，谁访甘陵第一流。

送客筵前花中酒，迎春湖上柳同舟。

纵回杨爱千金笑，终剩归庄万古愁。

灰劫昆明红豆在，相思廿载待今酬。

一颗红豆千里迢迢成就了一部书。

人文意蕴，终究离不开植物的本来属性。除了供观赏外，红豆树与红豆还有药用价值，一树是宝。叶能利尿，治气管炎；根能清暑解毒，作凉茶配料，退热清火；果是药杀毒虫的原料；花能止血，是稀有的药用植物。

医籍《滇南本草》中专列“红豆”一条，其中写到红豆“补中理气，滋肾益神。蒸服，可治诸虚百损”。

西施殿前的合欢树

诸暨城南苎萝山下有一座西施殿，是百姓为纪念西施娘娘而建造的。殿堂精致，浣江在殿前稳稳地朝前流着。

西施殿正殿门前二侧，栽有二株合欢树，枝叶疏朗，风姿绰约，意味深远。

1990 年 9 月底，西施殿重建工程即将竣工，有日本人来访，还从本土带来了两株合欢树。李战先生后来在《西施殿》一文中对此有所追述："1990 年，日本派代表团专访西施故里，将带来的两株合欢树苗种在大殿前。合欢树丰富了西施殿的文化色彩。"

合欢，按字面理解，便有着去嫌和好的意思，也与和睦、心平气和、友好相处等相通。自古民间便有合欢“能令人消忿”一说。《本草纲目》载：“晋崔豹《古今注》云：欲蠲人之忿，则赠以青裳。青裳，合欢也。植之庭除，使人不忿。故嵇康《养生论》云：合欢蠲忿，萱草忘忧。”梁简文帝《听夜妓》诗中有句：“合欢蠲忿叶，萱草忘忧条。何如明月夜，流风拂舞腰。”

古时民间喜欢在庭园阶前栽植合欢，看着阳光下合欢的风姿，人也觉天地高阔，白云疏朗，胸中忿恨郁闷似乎也会消去。

合欢 江边

清代文学家李渔说："萱草解忧，合欢蠲忿，皆益人情性之物，无地不宜种之……凡见此花者，无不解愠成欢，破涕为笑，是萱草可以不树，而合欢则不可不栽。"史载，"竹林七贤"之一的嵇康便在舍前遍植合欢。推开门窗，眼前合欢成片，满目阳光。再是在合欢树下与三二知己，小饮浅吟，人就好似被阳光照耀，可始终保持愉悦欢欣。因此，探望患者或内心郁闷寡欢者，似赠合欢为上。赠人合欢，手留余温。

五月，合欢开花。合欢开花也好看。花呈红白双色，似红居多，是那种淡红，花瓣繁密而多有细茸，绒毛锦簇，轻柔飘逸。合欢花无风也荡漾着，逶迤起伏，远望过去，花形酷似古代马头上的饰物"缨"，所以又名"马缨花"。《植物名实图考》载："合欢，即马缨花。京师呼为绒树，以其花似绒线，故名。"

合欢叶片昼开夜合。夜色降临，枝叶便缠绵在一起，亲密的样子，第二天朝阳初露，有晨风吹过，又自行散开，彼此分立。李时珍在《本草纲目》中写到，合欢"其绿叶至夜则合也"。陈淏子在《花镜》中对此有着较为详尽的描述："合欢，树似梧桐，枝甚柔弱。叶类槐荚，细而繁。每夜，枝必互相交结，来朝一遇风吹，即自解散，了不牵缀，故称夜合，又名合昏。"

在日本，合欢树与美丽的西施联系在了一起，甚至成为了西施的象征、符号。

缘起是在300余年前的一个夏天。那天，天下着雨，日本俳圣松尾芭蕉在秋田县所属象泻町一带游历，看到雨中的合欢花最是美丽，楚楚动人，便当即写下俳句，写得意象高朗、舒阔：“象泻蒙蒙雨，淋打合欢树上花，楚楚赛西施……”便有了后来象泻町每年一届的“西施节”。因为一首俳句，西施与合欢树联系在了一起，还与象泻町联系在了一起，文人的影响力是巨大的。

日本邮政部门还在松尾芭蕉游历象泻町300周年纪念日，发行了纪念邮票一套二枚。一枚邮票上是那首著名的俳句，另一枚上是合欢树的图案。李战先生在《西施在日本》一文中说：“一枚是芭蕉有关西施的著名俳句，衬底画着夏草覆盖的象泻町旧街道。因为西施两字日文和汉字完全一样，且居于邮票中间位置，所以很醒目。另一枚的主体就是‘楚楚赛西施’的合欢花了。画面色彩令人赏心悦目。”

诸暨的香榧

良木择地而栖。

诸暨是我国香榧的发源地和主产区。诸暨枫桥东溪、赵家钟家岭一带，属会稽山余脉，群山逶迤起伏，山溪清澈，平均海拔在 200 米至 800 米间，常年光照、水资源丰富，气候温暖湿润，土壤多为酸性或微酸性的黄壤、黄红壤，是适宜香榧生长的最佳地域。

2001 年出版的《浙江省林业志》载：“真正的香榧仅产浙江绍兴地区的诸暨、绍兴、嵊州和金华地区的东阳等县市。其中诸暨市最多，诸暨市枫桥镇东溪乡一带为中心产区，故又称枫桥香榧。1952 年至 1982 年，诸暨市年均产香榧 16.24 吨，约占同期全省产量的 44.47%。”

香榧果 江边

《中国香榧》一书在“香榧重点产区”一章中写到，诸暨市在“1000多年前就有嫁接香榧，19世纪末到20世纪初‘诸暨香榧’‘枫桥香榧’就闻名于世”。

国内生长榧树的地域不少，普通榧树的果实与香榧是有区别的，这与物种有关。1930年出版的《中国实业志·浙江省》对此有这样的说法：“榧大有别为二，一曰香榧，一曰圆榧，香榧味极香美……以诸暨枫桥山间最多。”同年出版的《中国农业资源》第十五册中也有记述："浙江省全省香榧产量 590 吨，其中诸暨一县占 500 吨。"

《中国农业百科全书》中的"香榧"条载："香榧最主要的品种无性繁殖者仅诸暨枫桥（细榧）一种。以浙江诸暨的枫桥香榧产量最多，品质也最优。"

清朝末年，诸暨枫桥镇上致和等三家商号收购香榧，加工成双熄香榧，运销沪杭。据民国二十三年（1934）出刊的《诸暨县物产及农村状况》一册记载："诸暨县年输出香榧 3400 担（170 吨），用船、火车运销沪杭。"

关于香榧产量的记载，还见诸 1924 年的《诸暨民报五周年纪念册》，其中写道："香榧岁出二千四五百担至四千五百余担。"

据考，最早出现香榧之名的史书是《乾隆诸暨县志》，其中卷十九《物产志》载："邑东乡东白山、上谷林一带山村皆产榧……有粗细二种，细者为佳，名曰香榧。"

香榧之名的由来，在诸暨民间有着美丽的传说。当年，秦始皇南巡会稽来到诸暨，品尝了榧子后，感觉此物不但脆、松，而且吃后满嘴异香，不禁连声说着真香真香，香榧就此得名。

对香榧的研究，20 世纪 20 年代才真正开始，专家学者也是从诸暨一域开始着手的。

榧

《本草图谱·卷之六十七》

1924 年 10 月，植物学家秦仁昌教授最先考察了诸暨香榧，并发表《枫桥香榧品种及其栽培调查》一文，首次在科学文献上将嫁接的良种榧称为香榧。1927 年曾勉之教授在考察诸暨后，在《园艺》杂志上发表了《浙江诸暨之榧》一文，其中写道："浙江以产干果闻名于世，杭州几为销售之中心焉，干果之中尤以诸暨之榧为最著称。"植物学家郑万钧教授分别于 1929 年和 1932 年两次到诸暨考察香榧，并写出了在植物学界影响颇大的《浙江诸暨香榧调查》一文。诸暨香榧从此做为美果被世人所识。

近年，专家对诸暨香榧资源作过专门的调查统计，结果发布在《中国香榧》专著中："据对该市古树调查结果的显示，全市共有百年生以上香榧古树 40754 株，500 到 1000 年生的 1376 株，1000 年以上的有 27 株。最大树龄 1350 年生，仍结果 600 公斤以上。全市进入结果期的香榧大树有 7.8 万多株，其中 70% 的产量来自 4.5 万株的香榧大树……诸暨市香榧成林株数、面积和产量均居全省之首，投产大树约占全省 10.5 万株大树的 43%。"

诸暨枫桥东溪、赵家钟家岭一带，山地连绵，葱郁而清丽，是诸暨境内古榧树最为集中的一域，尤其钟家岭，树龄在百年以上的数百株古树，集中于一域，壮观沧桑，榧树树干粗糙、斑驳、扭曲，树质纹路野蛮、杂乱，显出历史的黑褐色，撑着巨大的树冠，呈现出苦难的印痕，似是历史沧桑的印证。

诸暨香榧林，似古老植物的化石，也似古老而沧桑的诸暨。作家赵丽宏在《香榧传奇》一书的序中写道：“诸暨有幸，一方沃土哺生奇木。”作家杨佩瑾在《永远的香榧》一文中写道：“香榧子则是诸暨人的象征。”

九里山的梅花

天上飘起雪花的时候，自然会想起梅花来。我想到的是九里山的梅花。

早在元朝至正初年，画家王冕为避战乱，隐居于九里山深处，“踪寄白云”。王冕出身贫寒，是个嵚崎磊落之人，生性率真、自然，一生喜梅，善画梅，并咏梅、种梅。因为王冕的到来，九里山与梅花，在历史岁月中留下了悠远的人文意味。王冕在《梅谱》中写道：“花卉之中，惟梅最清。受天地之气，禀霜雪之操，生于溪谷，秀于隆冬，淡然而有春色，此岂非造化私耶？”

王冕入居九里山后，开山筑庐，广栽梅树，在山地周围疏密有致地栽了有上千株的梅花，有白梅、红梅数个品种。梅花依傍着屋庐，王冕便将其居住的茅庐取名为“梅花屋”，并自号“梅花屋主”。《明史·王冕传》中写道：“（王冕）携妻孥隐九里山，树梅千株，桃杏半之，自号‘梅花屋主’，善画梅。”曾看到过一幅名为《九里山寒冬》的古画，整幅图因蒙上了时间、历史的尘霾，色泛暗黄。画中山体横卧，画中植物像是标本一样挤在绵延的山体上，山脚是错落有致的民宅，还有几间茅庐，茅庐屋顶的茅草杂乱地扬起，概是有寒风凛冽吹过，有丛丛白

《墨梅图》王冕

梅、红梅绽放其中。

王冕在九里山的隐居生活是清苦的。《枫桥史志》中记载了王冕以画易食的困苦情况："冕间亦卖画以补贴日用，以画幅长短为得米之差。"画家在一首《梅花》诗中亦有表述："老我无能惯清苦，写梅种梅千万树。"居住在梅花丛中，心中也长着茂密、高洁的梅花，眼前是梅，心中存梅，笔底有梅。王冕尤工墨梅，他笔下的墨梅枝叶舒缓、清秀，淡墨为色，寄寓了画家高洁、孤傲的情感。对此，王冕在《梅谱》中写得颇为着意："其心欲缓，手欲速，墨欲淡，笔欲润。蕊欲圆而不类古，枝欲瘦而不类桃，似竹之清，如松之秀，而成梅。"另有画家的《墨梅》一诗："我家洗砚池头树，个个花开淡墨痕。不要人夸好颜色，只留清气满乾坤。"更显画家的不落流俗。

眼前的九里山，老远就可以看到横卧的山体，山体上植物依然茂密葱茏，绿，洁净。时间已经过去了600余年，王冕"梅花屋"的遗址依稀可辨，屋前尚有一口水塘，相传是王冕当年洗笔砚所在，乡人至今称之为"王冕大塘"。画家当年栽下的千株古梅却已被历史的尘烟所风化，眼前的稀疏梅树，为近人所植，意欲复制王冕当年在时的场景。梅树尚未开花，花蕾已呈饱满，枝干虽显单薄枯瘦，终究九里山留有王冕遗风，九里山的梅树亦仍有风雅味道。

梅花

《本草图谱·卷之六十一》

看着眼前的梅树，遥想当年，漫天雪飘的日子里，千树梅花绽放，王冕脚穿木屐，顶着寒风，穿行在梅树间。因为梅树品种不同，树龄新老各异，加之枝干形态也相差甚远，王冕在繁密的梅花丛中品味着梅花的千种风度，或许又常为梅花的万蕊千葩所陶醉，醉卧梅丛雪地。在一首题为《题月下梅花》诗中，王冕就写出了这种意境，其中几句是这样写的：

平生爱梅颇成癖，踏雪行穿一双屐。
六花散漫飞满空，千里万里同一色。
冲寒不畏朔风吹，乘兴来此江之湄。
繁花满树梅欲放，仿佛罗浮曾见时。
南枝横斜北枝好，北枝看过南枝老。
中有一枝置奇绝，万蕊千葩弄天巧。

九里山的梅花与王冕是连在一起的，九里山探梅，其实是在探寻王冕的遗韵与风致。吴敬梓将王冕的千古风神传得更加久远，《儒林外史》第一回“说楔子敷陈大义　借名流隐括全文”，开宗明义：“元朝末年，也曾出了一个嵚崎磊落的人。这人姓王名冕，在诸暨县乡村里住……”

图书在版编目（C I P）数据

江南草木 / 布谷著. -- 杭州：浙江古籍出版社，
2018.3（2023.4重印）
ISBN 978-7-5540-1209-3

Ⅰ. ①江… Ⅱ. ①布… Ⅲ. ①散文集－中国－当代
Ⅳ. ①I267

中国版本图书馆CIP数据核字(2018)第024891号

江南草木

布谷　著

出版发行　浙江古籍出版社
（杭州体育场路347号 电话：0571-85068292）
网　　址　www.zjguji.com
责任编辑　黄玉洁
责任校对　张顺洁
责任印务　楼浩凯
美术装帧　刘　欣
设计制作　浙江新华图文制作有限公司
印　　刷　浙江海虹彩色印务有限公司
开　　本　787×1092mm 1/32
印　　张　9.5
字　　数　200千字
版　　次　2018年3月第1版
印　　次　2023年4月第3次印刷
书　　号　ISBN 978-7-5540-1209-3
定　　价　48.00元